布兰臣 著

语言之初 2

江苏凤凰文艺出版社

图书在版编目（CIP）数据

语言之初.2/布兰臣著.——南京：江苏凤凰文艺出版社，2023.3
ISBN 978-7-5594-7560-2

Ⅰ.①语… Ⅱ.①布… Ⅲ.①诗集-中国-当代 Ⅳ.①I227

中国版本图书馆CIP数据核字（2023）第037581号

语言之初.2

布兰臣 著

出 版 人	张在健
责任编辑	孙建兵
特约编辑	郭 幸
装帧设计	周伟伟
责任印制	刘 巍
出版发行	江苏凤凰文艺出版社
	南京市中央路165号，邮编：210009
网 址	http://www.jswenyi.com
印 刷	江苏凤凰通达印刷有限公司
开 本	787毫米×1092毫米 1/32
印 张	7.75
字 数	132千字
版 次	2023年3月第1版
印 次	2023年3月第1次印刷
书 号	ISBN 978-7-5594-7560-2
定 价	45.00元

江苏凤凰文艺版图书凡印刷、装订错误，可向出版社调换，联系电话025-83280257

再序《语言之初》

叶 橹

再次为布兰臣《语言之初》同名诗集作序，既是一种支持，同时也是同他精神互动的一种呈现。因为我们的住处相距甚近，故而常有机会相聚闲聊，对他的写诗状况颇为了解，所以我可以把自己的一些想法告诉他，而他也能坦诚地说出自己的思想。这种相互间的交流，使我对他的诗思的轨迹颇为了解，写序也就成为很自然的选择。

坦率地说，我并不能对他的诗作出很明确的解读，但是我能窥探到他的一些思路，而且我也在多年对诗的阅读过程中，逐步地体悟到"诗无达诂"的丰富意涵。更重要的还在于，现实的变化和进展的巨大推动力，会促使人们不能不重新面对和思考一些问题。对布兰臣的诗，从他开始写诗到现在的写作状态，我也是历历在目。尽管我们的想法不一定相同，但眼看着他的变化，我深深地体会到阅读和思考对一个人的写作有着多么重要的推动作用。

布兰臣是一个善于感知并勤于思考的诗人，所以才会在短短几年中有了现在这种艺术状态。

他之所以再次把"语言之初"作为诗集的命名，并不是想不出更好的名字，而是因为它体现了他的一种内心追索。在他的内心深处，"语言之初"其实就是"生命之初"。人是因为有了语言才能组成社会的，人也是因为有了语言才使生命得以延续和发展的。诗是语言的高级形式，但他的"之初"是什么？这也许是布兰臣苦思而不得其解的问题。我在读他的诗时，经常会感到一种突兀、歧义、转喻之间的"不协调"，其实这正是他在不断地探求这些词义和语义之间的关联，偶然与必然的链接，诗性与话语的互动，诸如此类的困惑，正是构成他诗的内涵的复杂性的原因。实际上，这些困扰他的问题，并不是某一个人能够给出答案的。布兰臣只是意识到了而无从解答，所以他的诗仅仅是一种内心感知和思考的一种呈现而已。一些人，包括我在读他的诗时产生的某种困惑，或许就是对这种呈现方式的难以把握的缘故。

我之所以要从这样一个角度来开始这篇序言，是因为我并不打算对布兰臣的诗作某种确定性的阅读，而只想从思维方式上来剖析他的诗的特性。而且我认为，这并不仅仅是对布兰臣个人的一种阐释,它在某种程度上也是对当下我国诗坛中的一种现象的解说。

很多人都会有一种诗歌阅读的经验,在既往的很多经典性诗篇里,我们往往能够读出一些或激励心志或赞扬崇高,或意境优美或疾恶如仇的主旨鲜明的诗,但是俯视现今诗坛,我们会发现许多读了之后却感到茫然无所得的诗,然而细想之后,却又觉得它们似乎的确"呈现"了一些我们平常极易忽略了的瞬间思绪。这些瞬间思绪似乎没有什么微言大义,却又是所有活生生的生命过程中难以回避的细微末节。人的一生中,固然需要有励志、正义、激情、优美之类的思想感情支配,但是在日常生活中,还是那些看似不足道的细微末节在构成我们的生命存在。诗歌作为生命现象的一种呈现,为什么不可以表现它们呢?而且就生命感受的角度而言,这不是更接近普通人的生存状态吗?诚然,作为诗人,他需要有更敏感的心灵,更人性的感悟,更细致文雅的姿态。也正是在这一点上,"诗人"才具有了他的特殊价值。诗人是个体的人,但更是社会中的个体。布兰臣对此是有他作为"诗人"的个体体验的。在他的《迷楼轶事》一诗的结尾处写道:

——在我们的大脑褶皱里,
　住满了不听使唤的外方人,
　文字只是"冰山一角",

> 我们不可能撂下
> 音符、色块以及
> 那些臭豆腐和烂尾楼。

这短短几行诗句里,隐含了一个诗人内心世界里的丰富而复杂的感受,同时也透露出难以回避的困惑。

我之所以在布兰臣众多的诗篇中引出这几行诗来"借题发挥",是因为我从中也读出了他在很多诗中流露的困境。

在我看来,布兰臣在诗中所呈现的精神困境,是他对历史感的一种追索。他不仅是对"语言之初"的追问中产生的困惑,更存在着许多对忠实性的事物的探究。他有一些诗片段性地写过自己童年时代的零星故事,这些"故事"中不一定是事实本身,而是渗透了他当下眼光的回顾和虚拟。在这些回顾与虚拟中,生活本身的荒诞性和悲剧性的并存,既是历史感的回顾,也同时是现实感的审视。布兰臣的童年时代和青年时代给他留下的生活记忆,以及他现实生活中的种种经历,或许使他在回顾和审视历史时,会产生纷繁杂陈的思考,当感性知识同理性思考相碰撞时,他会以诗人丰富的意象串连起自己独特的思考。在这方面最为突出的就是那首长诗《甲骨文》。作为一首长诗,《甲骨文》或许不会为一般读者所接纳,但它的存在是布兰臣诗歌创作中的一个重要存在。"甲骨文"是一种诗的意象还是一种精神存在，读者可以有自己的理解，这也许不一定非常重要。重要的是，布兰臣在这首诗中调动了那么多存在于他脑际里的"原生态具象"来围绕着那一声"甲骨文"的咏叹，充分体现了布兰臣内心深处的沉重与无奈。正像他所说的："文字只是'冰山一角'，/我们不可能撂下/音符、色块以及/那些臭豆腐和烂尾楼。""甲骨文"一词只是冰山一角，而音符、色块和臭豆腐、烂尾楼都是蕴涵其间的"存在"，这才是我们需要仔细掂量的。

任何一个诗人，其实始终是在一种精神的困惑与追求中实现他的艺术理想的。我之所以说布兰臣经常处在一种对历史和现实的追问中体现了他的精神困惑，正是因为他不断地为浮现脑际里的问题所困惑。对"语言"，他要追索其"之初"，对"甲骨文"，他要发出一连串的联想和感叹，甚至对诸如岳飞、史可法这样一些历史人物，他也试图从种种民间传说中寻求一种追根究底的猜测。在一般人看来，这不是纯然自寻烦恼吗？的确，诗人就是一个在精神追求中自寻烦恼的人。从物质生活上，布兰臣可以说是一个衣食无忧的人，但是在精神追求上，他却是一个极其不安分的人。他的诗之所以让一些人感到难以卒读而又被另一部分人耐心品味，就是因为人们在日常生活中的关注方向的不同。有些人希望把诗作为适合任何人咀嚼的口香糖，而另外一些人则试图从艰涩的苦味中品尝到生活的艰辛和生命的悲怆。所以我在品读布兰臣的一些诗时，经常不会轻易地作出评说。有时候我们是心照不宣，有时候则是互存隔膜。在与他相识之初，我只是把他作为一个诗歌爱好者看待，他写的一些诗我往往读后一笑了之，鼓励他继续"练笔"。最近两三年，我读了他的一些诗，往往是沉默不语，作深沉状。因有些东西我一下子也把握不住，只好暗藏玄机式的说一些鸡毛蒜皮式的技术性问题。其实我自己深知，我自己的知识储备日渐枯竭老化，阅读的范围越来越狭窄，有时候我只能对他说，你好好去多读些书，多在表现方式上寻求一些新的方法吧。写诗其实是没有人能够"指导"得了的。他也心领神会到我的无能为力，不会让我难堪。我说这些事情，是因为深切地感受到文学批评是一种"灵魂的骨髓"这一真谛。我至今不敢肯定我对他的诗的理解和把握是否准确，我只能是意识到他的独特性和不流俗套，但是它在怎样的程度上能够为一般读者接受，我是毫无把握的。为了在某些方面说明一下对布兰臣诗歌的阅读方式和阐释视角，我在这里选择一些例子来表达我的阅读思路，供大家参考：

先来读这首《我要找到那些色块和光》：

我要找到那些流淌的东西 / 埋藏在色块和光

线里的骨架／钢筋水泥，奇形怪状的石块废墟／或者坚挺的树杆／唇部的茸毛／隐在眼窝里的晶莹泪花／那些不断迁徙的河床，滚动的黄沙／海边向东延伸的滩涂，像／一头疲于奔命的白狼。

首先选择这首诗来读，是因为它相对容易进入。我之所以看重它，是因为它隐然地呈现了作为诗人的布兰臣，在其心灵的广阔领域，对思绪作了一次较为酣畅淋漓的表达。他的那些意象间的跳跃蕴涵了对生活内在质变的一种思考。他的意象和思考，透视了一些隐藏在生活深处的变动，而这种变动的诗性感触却未必有非常明确的指向。人们不能说这种变动是好还是坏，是对还是错。因人们可以因人而异地进入和理解它，却不能给它定性为对或错。这不正是我们很多饱受生活经历磨炼的人在心灵深处的一种体验吗？诗人的诗性感受并不一定是要作出一种明确的结论。他只是想告诉你一种真相，而这种真相往往是你在生活中有所感而难以言说出来的东西。能够从一首诗中读出这种意味，也就是一种诗性艺术的享受了。

再来读他的《流水》：

白色的阵痛／室内的地面砖块，晃动的八仙桌／他被一个长相酷似母亲的女人拦住／不安分的吧台前是一片芳草地／他的心里，层层摞起来有数十本诗集／一串陌生号码拨通了他的手机／整束的彩色塑胶线／一位盲僧旁若无人地编织着草鞋／手杖下面，蓬蒿草的种子泛滥成灾／他把紫色的四角钢琴推倒／虚拟货币里隐藏着一场巨大的阴谋／他被一栋阴暗的出租屋阻隔／视野一片模糊，再无出路／他用伪装的身体演绎那场潺潺的流水

或许这首诗的现场性已经被一种虚拟的存在所掩盖，但是无论如何，人们可以从中读出它的现代社会的意味。不管是那些在场的人物身份各自不同，但他们所面对的"流水"这一意象，却隐含着耐人寻味的"生命之流"的冲击。布兰臣的诗所经常呈现的一个特点，就是它的跳跃性所形成的一种"阻隔"，这种"阻隔"的存在，不管是有意为之还是随心所欲，它对读者的阅读智商都是一种考验。必然性与随意性在诗歌写作中都是有其存在的理由的，不必在这个问题上作学究式的追索。当一首诗在整体上使你感到了阅读的享受，你就不必去计较某些细节的合理性与否。这首《流水》，你只要感到它给予了你一种对现在社会中人的生存状态的感知，哪怕只是一种片断的真实感受，你就算是在某种程度上读懂了这首诗。要知道，生活本身是没有一个完美无缺的故事的。人们对于生活的整体性的了解和把握，恰恰是从许多片断或缺失的故事里拼凑而成的。对于诗，其实有许多空白是需要诗者以自身的智商去填补的。

有耐心的读者，不妨读一些布兰臣的近似"咏物诗"的作品，它们有许多不同于既往的"咏物诗"的写法，他把许多直接性的东西隐去而置换成似乎风马牛不相及的事物，但是你细想会感到那种"反讽性"，其中的意味则令人忍俊不禁。像《铁镬》《公鸡》之类的诗，其实是反映了布兰臣对于生活中一些具体事物产生的联想，这种联想在揭示社会现象中那些包含着历史过程和现实存在的隐蔽内涵所具有的意义，是具有启迪性的思考价值的。诗人的诗思所具有的价值和意义不在于他的作品表面上看起来是如何重大的题材，而是在于他能够以小见大地启迪人们在沉思默想中获得对社会走向的认识。从这个意义上说，布兰臣的诗摆脱了许多令人生厌的陈规俗套，很少给人以似曾相识的路数，所以他的诗会让一些人感到难以进入。不过布兰臣似乎并不在意一些人的这种冷漠，而我之所以一再为他的诗做一些推介，一方面是想借此改变一下人们欣赏诗歌的习惯，另一方面也想检验我的这种价值判断是否能得到一些同行们的认同。时间也许将证明一切，错对将只能由历史老人来作结论了。

近些年来，我一直对布兰臣表达过一个基本观点，就是不要去迎合，但也不要故意地装神弄鬼，写诗毕竟是一件严肃的精神探求，在摆脱许多陈规俗套的同时，应该让人感受到你是在认真地从事着艺术表现方式的探索，而不是故作姿态地讨好卖乖。我十分高兴地看到，布兰臣的确是有着自己的努力方向的。最近我看到他写下了《画火》和《画马》这样两首令我感到颇为惊喜的诗。这是两首属于以虚拟性的叙述方式来暗示一种"无能为力"的人生困境，在那些人物与事件之间所隐含着的悖逆性中，无奈成为一种基本的生活状态。加害者与受害者之间谁对谁错无法确认，试图表现和描述者因为难以言说的原因而束手无策。以墨画火显然是力所不及的，而让人成为马的模型则更属荒谬。所以，画火者最终的"我无能为力"的感喟，画马者终于未能从人体的器官中获得马的完整形象，终于"陷入了回忆的困境"，而那些"或红毛，或绿耳，或驻足寻食，甚至有的马匹开始腾云驾雾，地面落下了七八个影子"。无论是画火还是画马，其主观愿望都无可非论，而最终的事与愿违，又似乎是原因不明。生活与创作真正成了一种谜团吗？布兰臣依然处在无尽的困惑与困扰之中。

诗人，我是爱你们的，但你们要警惕！因为在你们面前的不是坦途，而是充满荆棘的崎岖道路或无底深渊的陷阱。

怎么，我是在抄袭前人的警句吗？

2020.3.23 急就于扬州

目录

第一辑
语言之初：一个人从容不迫地呐喊

树屋 \003

翠鸟 \006

向日葵 \008

瀑布 \010

把位 \011

有关雪 \012

蒹葭 \013

狗 \015

清明 \016

渡 \019

摄像头 \021

超级比喻 \024

侧面 \ 025

倒影 \ 026

象征意味的鸟鸣 \ 028

葡萄 \ 031

流毒 \ 032

在昆明 \ 033

我要找到那些色块和光 \ 034

画火 \ 035

画马 \ 038

复活 \ 040

抟土 \ 042

一本丢失的红皮书 \ 043

七天 \ 048

第二辑
东沟：沟通各种场景的中间地带

遗失 \ 053

旧石器 \ 055

距离 \ 057

遮蔽 \ 059

萧红 \ 060

黄鼬 \ 061

海外有截 \ 063

瓦砾之城：2018年岁末笔记 \067

荒岛 \080

骨牌 \084

节日 \086

家禽 \087

大雪纷飞 \088

甲骨文 \090

黄山 \112

西北 \113

史可法 \114

列那狐 \117

会计 \120

美肌园 \123

愤怒的稻草 \127

西红柿 \129

苹果 \130

兔子 \136

父亲的柜子 \139

第三辑
迷楼：秩序井然中的姿态多维

晚风 \143

开元寺 \144

关于上海的点滴记忆　\145

树叶　\149

铁镬　\150

梅花　\152

巴客的阴谋　\153

小鸟　\155

关于月光　\156

芹菜琵琶　\157

黄与黑　\158

琵音　\159

樱花　\160

流水　\161

迷楼轶事　\162

妈祖　\165

公鸡　\167

自己　\168

梅花岭　\169

蜀冈　\171

天宁寺　\173

唐槐　\174

栖凤居　\175

仁丰里　\176

西峰小道　\178

声音中感受你的爱　\180

巢里的小儿语 \182

一团潮湿的雾气 \183

昏暗的音乐光线 \184

故乡 \186

一只诗歌的琵琶 \188

谁在碰我的晚饭花 \189

马 \191

童年 \192

昨天 \193

九妹 \194

桥 \196

梦 \198

蓝 \199

存在 \201

无 \203

公交站台 \204

山顶 \205

青蛇 \206

秦淮河边 \208

高旻寺 \210

南京东路 \213

万圣节 \216

凤求凰 \220

小心火烛 \222

黄月亮 \223

雪莱的花朵之三：戾 \225

口琴与吉他 \227

红酒 \229

威士忌 \231

第一辑

语言之初：

一个人从容不迫地呐喊

树屋

——人类众多的身份里,有一种
叫"伐木工"。你看,我们砍倒了
一棵棵参天大树。

I

啄木鸟尖叫。潜伏在
空气中的微生物,与每一滴
琼脂玉液结合起来,不断繁衍——
一股腐败而又生生不息的力量。
树木与建筑物的完美结合,居住者
成了一只只攀援能力退化的猴子。

II

你能相信?那些箭头构成了
一棵又一棵的大树——
闭环的构建、榫头的方向,
瓦刀、二五砖、碎石料、水泥块以及
各种大型的挖掘、运载、搅拌机等,
建筑物再一次从废墟和垃圾里长出来。
杂乱的地球引力,使得人类的
经纬线大乱,那是一种什么样的

能量旋涡，或者，色彩的爆破？

Ⅲ

森林变成了一堆木头。
木头变成了梁柱、桌椅和纸张，
那些木偶的脸上甚至冒出痘痘。
山体被挖掘、砂砾砸碎，又被
重新凝固，并加进钢结构。
伐木工又成了一群建设者？
石头——这泥土里开出的
一朵无性的花朵，它
没有表皮，裸露着内核，
与落叶杂居在一起。

Ⅳ

我们在这些粗大的枝丫间，
搭建了屋宇——并深陷其中，
我们成了自己的观察者。
黑板上无数叠加的笔迹、字母、
几何图案、小鹿乱撞、折断的
车轮、变形的人体和怪兽，

那一万匹奔马扑向一个空洞的"零",
仿佛一堆陶罐叠成一根高高的柱子,
我把一张物理地图误读为一场心电感应,
那些晃荡的枝叶多么像一张五线谱。

V

到底是什么核心的物质在流动?而
我们,被安置在无数环节里的哪一轮?
阳光、暴雪,生长、毁灭。
也许,那大厅指示牌上的模糊数字,
那些互相隔断的空间设计,正在
暗暗揭示我们与树木、房屋的某种关系。

2019.11

翠鸟

I

一刹那间映入眼帘的,
是那一片黑色的影子,
像一条汹涌的河流一泻万里,
落在了大地上,
草叶的色彩瞬间变浓。
恰巧这个时候,一只翠鸟飞过,
那抖动的蓝灰色羽毛闪闪发亮,
两只爪子猛然扣住摇晃的树枝,
尖利的喙一下子叼住了一只扑闪的
人蛾:这个姿态,一下子
被一支画笔抓住——
那只是一些色片线条的
简单缠绕,实际上,它们
仍然各自在飞,草原上的风
也没有停歇下来。

II

在翠鸟的飞翔和落下的过程中,
画家有必要用虚化效果处理一些工业品,
那些塑料制品、电机设施、鱼竿等。

因为，它是一种擅长捉迷藏的小生灵，
它们把自己捕猎的欲望，沉潜在
纷乱的枝叶后面。此时，
我的身影悄悄进入，以便
更加清晰地捕捉到那些隐秘的
细节，它们悬浮在水面上的倒影。

Ⅲ

最后，翠鸟消失。一只黑猫
出现在画面最神秘的部位，
几乎掀去了面纱。
它蛰伏着，
两只突兀的瞳仁陷落在
金黄色的眼眶里。
但是翠鸟呢？而那位画家又是
如何选择的？
他摇了摇头。
"这是一张唯一失真的画面！"
仿佛是一具精美的裸体塌陷在
一块僵硬的石头里——
一种动静关系的彻底失败。

向日葵

I

音符,像一只只
小虫子:嗡嗡嗡嗡——
木格窗、草泥墙。
向日葵那奇异的瓜籽,像
一粒粒灰水晶,或者
一条静止的溪流。
空气中飘浮着抹不去的
黄色记忆。

II

情绪婉转的角落,
忽而闪亮,一不小心——
花瓣的身体被点燃,尖锐的火焰。
那草木摇曳,向日葵的
花序,像吉他琴板上的圆格子
把城市切成一个个小块。

III

长号吹响:那些阴暗的缝隙里,

飞出一只只黄灯蛾,旋转的波段
不停延伸、荡漾,向对岸的
葵花叶子撞击。
黄昏塌陷在一片枫香树丛里。
柔软的云层变绿,再变绿,
被晃动的黑暗一口一口
吞没——向日葵那模糊的眼睛。

IV

轮指、泛音、切分、
金黄色、彩色小船,
湖上的躬弯,装扮成抖动的
满月状,向日葵的
微笑,像一只鹰的趾爪,
擒住了我们。
颓废的东山坡,把一片慌乱
留给你:一株株垂老的葵花枝秆,
它的彩虹慢慢消失,
转黑、沉迷,像一层
寂寞来袭,落在那片遥远而
阴暗的土地上。

瀑布

"瀑布!"
他们说这里有一条瀑布,
在室内听到了潺潺的声音,那
杜鹃花的边陲小屋。
似乎是从石头上垂坠下来的,
一串串白色茅草——虚构的水。
那花朵的色彩实在过于鲜艳,
人消失了,
而脚下那汪碧池,并不流淌。

把位

我只记住了一个数字：6

似乎还残留着"花朵与绿叶"的字眼

在和弦的分解中，慢慢地

慢慢地，在弦柱的至高点

在一具冰冷躯体的弯曲中

在隐藏的第三个关节部位

在每一个高强度的节奏里

裂开一串挣扎的音符

疼痛：一张 Em 的六线谱把位图

而我又记住了一个数字：9

有关雪

它的白,来自于石头与
乱草的缝隙,或者
一张空白 A4 纸的寒冷
数百首绝句里的隐隐旋律
透露出一串串星星的遥远
我一边在誊写,一边循环播放着
某首音乐:一些关于北方岛屿的疑惑
似乎与一支风笛在纠缠
水,常年累月拍击那些灰色的字
人们相互之间的排列次序被打乱
天地间铺满了那些
"装运来的真实场景"
而身旁,突兀出现了那一大片
——白色、假设

蒹葭
——献给卡明斯

蒹葭苍苍

大地露出一种灰白条纹

身体里隐藏着疼痛的曲线

仿佛草绳打了一个结

盐碱荒滩上的古老旋律

或者街头、广场

拥挤的人群里,那

吟哦的流水

遮蔽的石块结构

红色的茅草,一片又一片

兼——(甲骨文字形)

我那明晃晃的镰刀

在佳禾的腰部,五根手指紧绷

它们的头颅正在集中开花

谷子洒进了稻梗的缝隙

坚韧的秸秆齐刷刷地倾倒

一根用内脏缠结而成的腰带

束住了它们的

"存在"

蒹葭萋萋

箫鼓的声音低沉下去

沙槌珠子吵吵响

鸟，从某些看不见的

叶片里飞出，寻找那些

散落的白色羽毛

抖动的黄昏，成片的

残章断句，跌落下来的云

那没有长穗的芦苇

秉——（甲骨文字形）

我亮出那把钝化的镰刀

水中央，秸秆只结出

一只花果，光秃秃的枯萎状

是"假"的引申的意义，还是

不食人间烟火的隐喻呢？看

那姿态摇曳的乐队里，唯有

它的眼神噙着泪花和

孤独

注：收割庄稼的时候，手握一株为"秉"，手握两株或以上为"兼"。

狗　　刚刚下车

植物们还没有来得及摇手

一条狗，它先冲上来

把它凉凉的舌头伸向我的脸

就这一刹那

我没有准备好

苏珊、莫拉、乐琦、本杰明

诗人们的敏捷反应都落后了一步

它先冲了上来

马克龙努力地拉着缰绳

它的前蹄提得很高

它的舌头凉凉，但有香草的味

人们都惊呆了

此时，它的眼里闪烁着

蓝色的兴奋——

"这么美好的田园

这么美好的水塘

枫叶红了、枫叶落了

你们来得太迟了。"

最后，马克龙补充了一句

"它……

它已经听得懂汉语……"

清明——泛爱万物,天地一体也

I

这唯一的卖家
这唯一的买家
——从邓析先生的语录里精选出
那天生的一对

II

一只幼喜鹊从它母亲的腋窝里掉下来
它飞翔的姿态里隐现出白与黑
黄色的喙引领着身体里的阴影部分
那尖头刺进远方,凝固成
一块石头的形状

III

助产婆淡淡地苦笑
她道出了一个节日的秘密
——可恶的雨水
草木灰的价值体现在
它能广泛杀死生殖器上的残敌

Ⅳ

水是一股无法抗拒的恶势力
衣服的污垢怎么也洗不清
清明节这一天集中展示了许多事故
恐惧心理令人们盲目崇拜
——我们的衣服什么时候才能晾干

Ⅴ

涌动的人群,一袭长发长裙
用想象的手法把自己的
肉体从"霜"嬗变成"气"
——这几乎是一桩突发的群体事件
产妇的秘密隐藏不住
公共场合下人们心照不宣

Ⅵ

公孙龙先生牵着一匹白马路过
一群红衣女郎被阻挡在城外
一边哭声震天,一边却鸦雀无声

可恶的雨水仍在下着
他所有的行囊都化作浮云

渡

一片黑暗的草地

沙坡、水渠、田埂

偶尔有一朵紫色的花蕾

跳跃着——远在大海的那一边

那位不知名的诗人

在一座千年古桥上

看见一轮同样的月亮

他跳了下去

湍急的河流、碾碎的卵石

樱花与枫叶永不相见的彼端

密密的竹林

每一条小路的尽头都有一道闪电

艺伎的长发、白色的脸谱

她们旁若无人地走过

冒着热气的冰

芦苇草的枯黄暗隐着一片

人烟之地

空白,唐朝建筑

小庭院,那些疲惫的身体

河床是暗黑的连接地

——飘浮的云

野麦花、红树林、观鸟台

人面蜘蛛是一种比喻

——他们有粗糙暗沉的嗓音

性感的中年

用"田忌赛马"的技巧赌球

书中曾记否？渡月桥的长度

木栏杆的位置，正是情人节的最后时光

河水在分岔

在鹅卵石与黄沙的交汇处

一株光秃秃的树干

根部开始分泌出一层油脂

古老的船只被画师的一支刷笔抹去

摄像头

I

静静的树荫下，有

一只蝴蝶在闪烁

它的角度有些异样

似乎是在阴影中叠加阴影

我仰望，一片空茫——

那些枝叶在喘动

花朵在弯腰

白色墙壁上有设计完美的图案

我没有看到蝴蝶——它那

彩色的舞姿

只有静止的光斑在点缀

毛毛虫和鸟雀们都屏住呼吸

难道，这个上午，只是为了呈现

一具完美肉身的慢慢消失

II

带着一根刺飞行

阳光挤进它翅膀的嗡嗡声里

黑色或者棕色

它有一对令人惊恐的眼球

颀长的躯干,那匀称的飞行器
在树荫下,我警惕地眈视着它——
像一只马蜂
我的视野非常狭小
地平线被围墙切断
天空几乎变成了一些碎片
投射在大理石挂壁上的影子
上下翻飞
这个时候,它似乎更加胆怯
在我的面前,小心翼翼地
改变了轨道

Ⅲ

绿色堤岸
一丛金针菇顶着
几枝橘黄色的花朵
白色飞蛾们翩翩绕舞
快要接近中午,一对
黑色的鸟翅拍扇而过
浅浅的阳光雕刻着几座
慵懒的太湖石
此时,飞蛾不需要火光

它们迷醉在自我播种的那个过程中
而整座池塘都忽略了"我"——
一个第三方观察者的
存在

超级比喻

面包 A、黄瓜 B、白菜 C
三角架一样排列着
它们是各自的王,一种
隐隐作痛的比拟,恶魔的互文
底盘是一片"留白",对应着
虚无,却色彩绚丽
像 B 一样的 A,还是像 C 一样的 B
——它们是自己
报纸的夹缝里写满分行的句子
省略号的下方滴着眼泪
暗黄色潦草的笔迹
皱皱巴巴的廉价"宣纸"
班主任说,这一切与别人无关
在一家校区房书店里
三位白发苍苍的老人正在争吵
——关于外国文学的阴影

侧面

阔大的四合院,一片浅绿层
茅草丛生,小屋顶部的惨败光景
阴影部分的笔触很浓重
线条丰富,笔直、穗状
弯曲的头颅、流畅的剪裁
而空白的地方隐藏了更多的力量
辨不清性别,那抽搐的部位
正在结冰,咯噔咯噔
晶体结构里有枯黄的草屑在扭动
昏暗中的脸颊——那不安的窗帘
晴朗的沙尘天气
一件半透明体慢慢枯竭的过程

倒影

四个 2 排列
横向,纵向
呼吸的声音如啼哭,并
感染了梦
似曾相识的凶险之夜
人们鱼贯而入
——那啼哭声越来越近

六个 6 排列
横向,纵向
像一副十字架带来的压力
财政部长的会议仍在继续
富余的资金全部押上另一桩
不确定的交易
熟识的人们都进来了
——那啼哭声越来越近

越来越多的数字在排列
思绪里产生了两种极其相左的主张
我将用尘埃埋葬自己
那来自于日常生活的细微浮梗
身体里的倒影隐藏着无数的蓝色碎片
我们的行踪正朝着反方向远去

"你,把你的名字藏在了哪里?"
——那啼哭声越来越近

象征意味的鸟鸣

I

戴着绿色镜片
他用一支长长的金属管吸入河水
混乱的大街,主旋律开始变调
——模糊的往事
"你派送的礼物有鸿毛之轻。"
月光下的拖车,还不完的债
他突然撕下那本书的封面,撕掉
信封上的那个确切地址——
编码、邮票、首个字母、街道党工委
萋萋芳草的鲜美图案

II

被子上爬满了七星瓢虫
"我们正在找寻那些壁纸上涌动的修辞"
沉重的凌晨,春分时节
无端引发一场空穴来风——
"这个地方是不适宜的"
枝叶间的贝壳?叭哒叭哒
他的梦如此支离
"谵妄的人!"

不同的背影、不同的印花

螺旋在下滑，复合、杂冗

他从纷涌的思绪里抽出一根独立的丝线——

啊，那些象征意味的鸟鸣

Ⅲ

"听见自己的内部有另一个世界在轰响"

Ⅳ

湿漉漉毛绒绒的清香

有时水汽过重，令人作呕

水蜘蛛从河面跃上甲板

我挥动那把锈迹斑驳的铁叉

身体内的腑脏跟着摇晃

那时父母尚年轻，土地沉黑、块硬

油旺旺的河草叶子被拉扯到地垅上

"后来，化工师的法术出现在一些农业杂志上"

碳酸氢铵、磷酸二氢钾、六六粉——

一个个撬动宇宙法则的秘密

亩产过万斤，异族通婚，羊胎素

通过空气传媒进行杂交异变

一种新型多分叉的红薯降生
我们不再依赖那些枯萎的高粱秆
河东、西岸，一片泥污滩
"咿啧啧啧来……"

V

"朝着走过的路往回走"
——这是一个伪命题
那条沙子路已拆毁
最初的记忆，紫色的头发
出生那一天，母亲流着泪
或许是子宫，你对这世界的感受
那些画布远远没有铺开
如何欣赏那些陌生地带
从你最初的那一刻
或者，你是一颗卵细胞
开始吸收母亲的营养和血
那时你怎么想？你用身体里的
哪件器物来感受
芦苇在喝水，紫云英开花
而牛蹄踩过，你刚从那辙痕里
诞生

葡萄

火,是从一株植物的
内部结构展开的
我们种下的当然不是火苗
它自己慢慢积攒了很多能源
躲猫猫的游戏恰巧掩饰了
它的表相,阳光驱使着
那些小虫子一路向北
地面的裂纹像一缕缕沟壑
正午时分,白得晃眼
果子在炽热的世界里到处翻滚
镀膜的皮壳正在风化
灵感不是从天而降
木架的一角开始冒出浓烟
成捆成堆的干草逐一受到侵袭
这是一种柔弱的表现
软绵绵的爆发
整株植物开始燃烧
每一个角落都充满活力
而我们发觉
——偌大的空间里根本没有水

流毒

似乎是一个傍晚

影子拉得很长

我唱着三字经

广场有些泥泞

我们奔跑了一整天

那是一颗颗红艳艳的果子

小小的枝条

孤零零地站立

我们躲藏在一片芬芳的荞麦地里

愈来愈黑暗

穿过语言的狭窄小道

尽头空空荡荡

一份诡秘的档案

记载着它的美好

远胜过那些石榴花,和

它的深渊

在昆明

某些词句，几乎在一瞬间沟通
并限制了它们不断地对外蔓越
那座桥，在月光下快速繁衍
深夜的凉风浸湿了一支金红色花朵
傲的藤蔓，假装在伸向远方
——对岸，大片粉色的花海
圆润饱满的轮廓后面，触摸不到的
黑暗，成为她的底饰
一排排弧形的特质泥土
构成顶部的咽喉要塞
弯曲变形的钢枝杆，仿佛是
灵魂的延伸，支撑起她
那散发芳香的原始结构
——温柔的另一面

我要找到那些色块和光

我要找到那些流淌的东西
埋藏在色块和光线里的骨架
钢筋水泥、奇形怪状的石块废墟
或者坚挺的树杆
唇部的茸毛
隐在眼窝里的晶莹泪花
那些不断迁徙的河床,滚动的黄沙
海边向东延伸的滩涂,像
一头疲于奔命的白狼

画火

有一笔墨汁太重,
没有及时拢住,
往下洇,那些悬垂下来的墨点,
破坏了整张画面的平衡。
"我想隐藏的那些部位,
终于被打破!"
画家叹了一口气。

"粗粝、毛糙
巨大的方木结构,
冰冷的触感。"
笼子里的年轻人,
被几个狱警揪斗,
浅黄色的上衣被扯裂,
露出罪犯那洁白的后背,
像半张宣纸。一道道
兰花叶子般的鞭痕,
血,那瘆人的液体——
可是墨,这单调的黑色,
该如何表达,这红色的、
巨大的能量?这
一团团烈火。
画家摇了摇头。

"为什么？"
那一声巨吼，
异常短促，没有回音，
仿佛马车夫无力地拉着缰绳。
围观的人们面无表情，
木囚笼摇摇晃晃，
小孩们与狗冲了过来，
那些掉落在地上的面包屑，像
一群活蹦乱跳的石子。
画家好像抓住了什么。

"这个，
只能通过叙述方式来解决！"
相声演员嘲笑着对女主持人说。
但是，色彩搭配的要点，
根本不在这个层面，
台下那些观众的肤浅笑声，
正如同屋檐的冰凌往下坠。
画家在声音里找到了灵感。

肌肉、骨架、齿轮、
风车、磨盘，
一个整体的有机系统，

部分稀缺的零件正在设计与加工,
"给这些成分里加些氢氧化合物。"
画家终于笑了起来。

他找到了一个综合的方法——
小狗、孩子、十字架上的罪犯、
观众、法官、士兵、
土坑、村庄面积、十六世纪的艺术,
这些纠结往返的旅行,
"我无能为力!"
这是命中注定的,不是
一种单独的艺术技巧所能穷尽。
画家收起了笔。

画马

他嘻嘻一笑。
"这里牵涉到相关版权的问题。"
他用镊子轻轻地肢解了
画面中的一件人体器官,
两只白色的卵状物,在
光线中慢慢扩展,并
分别对应着头颅和屁股。
"少了一条尾巴?"
我小心地提醒着,而他
再次向我强调了版权,以及有关
剧情、语言、摇滚乐的问题。
"这是一匹马吗?"
我们突然都疑惑起来。
绘画的两种方式达到了
可笑的统一:封闭的线条、
开放的色块。
一个长着马鬃毛的人?
他的尾巴正好露出破绽,
几乎是一下子被抓捕归案。
大脑与身体组织的悖论,使
我们陷入了回忆的困境。
或红毛、或绿耳、或驻足寻食,
甚至有的马匹开始腾云驾雾,

地面落下了七八个影子。
这些五光十色的画面,
让我们几乎找不着北。

复活

那可怕的空旷。

你记得有一株丝棉木,

一望无际的木质空间。

那里,

几位诗人坐在虚拟的四角亭子间。

他们失眠,表情肃穆,

一只装满幸福的水泥船刚刚沉下去。

刷白的墙体即将遭到拆迁,

有人病了,

正在床上打点滴,

他们彼此失去了对话的机会。

盐水和葡萄糖的混杂体,

箫与埙的断裂带。

一丛失去记忆的绿叶。

正如那两棵不同品种树木的绞合,

它们枯妄的希冀,

其中一棵已渐渐塌陷。

果子仍然鲜红,

如死去的唇,

风与临水而居的花园。

不!

应该是某个街道,

须绕过路障,

不断转弯,

抵达对面的空地

——那关闭的画廊,

银行职员的励志故事。

古老宫殿式的建筑设计、

人造喷泉,人造的植物史。

榔榆树的坚强意志。

二胡与钢琴的协奏,

一种断档的生活方式。

那棵古老的丝棉木正在死去。

而它仍在打点滴,

仍在叫出租车,

仍在沙地里寻找那些失踪的叶子。

"它们均已年过半百!"

枝叶婆娑的最后一天。

那枯萎的丝棉木紧紧抱着它

——最后的一株榔榆。

抟土

因为疲倦,

那根枝干在静态的平衡中,

突然被挥动。

那些泥土纷纷飞散,

有的溅上了空中的树叶,

又滑落下来,掉在地面。

滚动、旋转,

它们变成一个个人,

一个个奴隶——我的前生,

就这样被织入传说。

这瞬间的过程,

无法抽离、无法捕捉。

空旷的街道、垃圾成山的仓库,

不周山上,一头黑狮子迎头相撞。

琴具粉碎,星辰怒张,

我成了一名掉队的士兵

——或者一整支兵团的某位领袖。

我再不敢转过头来看一眼,

那些虚幻的构造,

迷恋过的地方,

那个曾经爱过的人。

一本丢失的红皮书

——不精准的语言像一柄尖刀,
插入我们身体的缝隙里。

I

这是一本红色封皮的书,
平坦而光滑的腹部,
充满木质纹理的肌肉。
"在这个迷迷瞪瞪的下午,
它从我的手里一再滑落——"

II

它在序言里完整地描述了
史可法的那片秘密花园:
巨大的人工瀑布,
香樟的叶子换了一拨又一拨,
沦陷的江北大营,
无数只跌碎的杯盏锅具,
急行军的人们焦虑不安。

Ⅲ

"我们再来看看它的正文部分。"
时而是齐整的诗句分行,
时而是零乱无序的黑白文字。
不确定的内在说明语,
杂乱无章的数据和图案,
啊,一项多么尖端的生物学发明专利:
——让沉睡的病毒在人体里复活。

Ⅳ

这正是爱丁堡院士的评判标准!
时间、节奏、政治的休止符,
科学论文与社会保障之间的鸿沟……请闭嘴!
"这一页纸张的下半部分突然被撕毁。"

Ⅴ

"接下来的内容采用了多种国家的语言文字。"
美国、波兰、俄罗斯,
科技工作者的经济效益与政治目的。

Ⅵ

它们在不同的国家之间,
建立一种不对称的通信系统,
进行一场充满悬疑的科技攻尖——
一次细菌再生学的无奈探险。
盲目扩张的背后,
是无数只屈死的野生动物——

Ⅶ

"而当我转过头来,却发现……"
扉页的两侧,
跪满了大明朝的遗老遗少,
钱谦益们的诗词遭到焚毁,
东林党的门生作鸟兽散,
而史可法的花园,
也被成群连片的菊头蝙蝠所包围。

Ⅷ

喂——
你头上的绿帽子是怎么戴到头上的?

"这是书页里的最后一句提问,用的是中文。"

IX

"沉默了很久以后,我隐约听到一阵滴水的声音。"
水龙头并没有朝下弯曲,
管道里没有一滴水,
棕灰色的大理石水槽,
空空荡荡。

XI

一座被封闭的城市,
遭受了整整十天的屠杀,
而另一座城市载歌载舞,
一片欢腾,
全城的少女雀跃欢呼,
向入侵者的马蹄边蜂拥而来
——多铎,多铎将军,
他(亲爱的)长着一张怎样英俊的面孔?

XII

"那本红色的书,
再次掉在了地上,
倏忽间消失不见。
而我仍在等待,
那些考古的人,
何时才能挖掘出,
那位匿名作者的真实身份。"

七天

第一天
浪,那蓝色透明的推动力!
从背后抽打,永无止境,但
当扁圆的石块即将爬上沙滩的时候,
一股回返的力量冲了过来。
它跌回深处。导游非常肯定地说,
这正是你们一再重返旧地的理由。

第二天
绳索,那近乎完美的翅膀!
捆束住双臂,那血橙色的惊恐,
弥漫在四排紧锁的搭扣上,如
高潮迭起的瞬间效果,我们
靠岸了,抵达那——
似是而非的目的地。

第三天
岛,这一个相对的概念!
正如从渔夫、船员向海盗的转换,
海洋深处的小酒馆,
女导游与女招待,双双下跌,
威士忌酒罪恶的深渊。
赤道附近阳光的凌厉攻势——

第四天

龙虾——船员们兴奋不已,

"嗨呀",一只巨大的

龙虾跳上了船舷甲板!

这是一出老少通吃的季节游戏。

我们穿上了特制的泳衣,扎入

那鱼虾汹涌的波涛中。

第五天

防晒霜,那皮开肉绽的快感!

女网红的酒杯里,摇晃着——

彼此混杂的回声。冰块、冻啤,

穿越海面的震荡,重金属,

傍晚的风,扭转乾坤的

黑色面庞,长矛撕裂的破碎旋律。

第六天

摄像头,闪亮妖艳的玫瑰!

对岸的群山成为我们的回忆,

恍惚的过去和明晰的未来——

而此刻,我们被迫拥挤在一块

晃动不安的假平面上,

血一样的流淌,正是玫瑰的终点。

第七天
船——这将要擦肩而过的过渡政府！
我们并非停留，那一场奢华的
沙滩盛宴。一望无际的海洋泳池，
视觉和听觉均已经受限，而胃
已被强烈刺激，从脖子下滑到
锁骨，到达我们的终极现场——

          2020.1.31

第二辑

东沟：

沟通各种场景的中间地带

遗失

I

我的祖母也曾年轻!
"画糖和吹糖"的手艺,依然
静静保留在祖父的那张遗照里。
但是,我从来没有见过!
我只记得,幼小的表妹
穿着她的红蓝色肚兜,在草舍的
门楣下,扭动着身体摆着手臂,
广播匣里正在播放——
"登山攀高峰、行船争上游。"
那是一场比赛进行到了
第三年的某一天。

II

下课的铃声响了,课外读物里的
某些句子,在我的脑海里嗡嗡作响。
人潮拥挤的校园操场,
到处都是邻班的学生队列。
同桌女生的抽屉锁打不开,
我背对着书桌,替她按了按
插入锁孔的钥匙,

"叭哒一声",
一群活蹦乱跳的鱼涌了出来。
这个时候,我的书包突然发出吼叫:
"可是我们——
可是我们仍然——
可是我们仍然要继续寻找——"

Ⅲ

那些已经遗失了的诸多言语。

旧石器

I

这是一道旧石器时代的
门槛，我进不去。
他们的音乐会只是一些老人的吟哦，
讲堂里盘腿坐满了野花和野果子，
一堆蓬乱的草绳，令那些
部落首领们心神疲惫。

II

他们打磨竹子，用来唤醒石头。
呼吸的冲击力，引发了管腔内壁的
回音，而这些石头，只是
从荆棘丛里蔓延出来的一堆废墟。
原始植物寄寓在这里生长，并
不断培育出新兴的物种。
野兽们一边狂吠，一边柔顺地
匍匐在他们的脚下。

III

他们穿着草叶，和

雨水编织的围裙,追逐着
季节里时冷时热的风。
有时在一座城市里蹲踞下来,
或者,他们建造了城市,
又把它们放弃、甚至摧毁,
他们惊讶于石头的形状,逐步
发明了各种工具,而这些工具
在将来的某一天,反过来,
将他们自己变成了工具。

距离

I

那石头围墙如此坚硬!
沿途有红色的崖爬藤拦截。
我用一只耳朵窥视着墙内,另一只
在努力打探着外部环境的
车来车往、花开花谢。

II

步行的数量对应着马尾松的针叶,
当中有数不清的车站,这正是
一个人从天堂到地狱边的距离。

III

断枝的蒌蒿叶子们追着水流
奔跑,它们在嘈杂的地铁口
失去了方向,被缴获大批随身携带的
物品:自制枪、地雷模型、
炭疽杆菌和鼠疫。

Ⅳ

它们从东门绕道西门,
银联卡、支付宝、微信红包,均
一一试过,但它们仍然
被武装把守的门房制止出入。

Ⅴ

精致的废墟——
望月台上的人早已不见。
他们用鲜花、美玉设置了
一重重人为的路障,让我们
迷途折返。

遮蔽

时值隆冬,但"绮春园"仍然开放,
芦苇的白叶子装点着黄昏的
一丝温暖,他们在
一副白发老人的"吹糖"担子前停驻,
希望得到一些"甜蜜"的葫芦、
灯笼或风车——
但他吹出了各种野兽。

于是,他们把啄木鸟修补过的
伤口,用黑水泥包裹起来
以遮蔽那些风雨:
"把腐烂消灭在那些看不见的地方"

萧红

像洋葱头一样
一层一层,掉着眼泪。
那女诗人喝着水,
她刚从一只木桶里下来,
整个身体一副浑浊不堪的样子。
她已在水上漂了二十多年。
她哭了一会,放下手中的
稿纸和水杯,
跳进了另一条冰冷的河流。

黄鼬

我从独木桥上下来,
右转弯,它猛地从麦地里
蹿出,跳上河边的柳树——
那个枝叶稀疏的黄昏,
……它异常脆弱而
恐惧,而我
只是好奇地张望。

这里正是东洼沟的咽喉,
那天中午,我曾在这里
哄抢吴中党同学家的鱼,
那时,一张巨大的网,从
狭窄的河道围追过来,
逼近死角。
听见吴中党愤怒地呼救。
我忽然想起,他的母亲
前几天刚刚病死!

那是一个什么动物?黄鼬?
我走近——枝叶剧烈晃动,
其实我没有恶意,只是想
把那几条无辜的鱼,归还给
吴中党同学。

然而，那长毛小动物
突然凌空跃起，跌落在
坚硬的田埂上。

海外有截
——相土烈烈,海外有截《诗经·商颂·长发》

I

他们在玩跳棋游戏

九个格子

但绝不是船舶的分舱系统

每人一块瓷片,蓝色碎纹

像钉子,或鱼的骨架,封舱的

零部件并没有拼出一枝花朵

东西方位不分,似乎相向而行

绿底色的设计元素,寒冷

白令陆桥只有四个月的通行时间

城市绝望的上游

插秧的农人,他们模拟了蛛网、蜂巢和蚁穴

那些技术参数的提供者,被滥用的智能

但是,它们毕竟已经撤退——

浩渺无际的蓝色水平面

巨大的冲击力,波折重重

最后一支完整的商朝军队

导出一张索引图——跟着野兽

步行的速度和方向,遥远的"有截之地"

海的浮动幅度,沙滩、阔叶树种

三万里的寂静

一群被驱逐的猎人呵——

"我们已无法跟着你旋转了。"

II

他们排成纵队
纷纷端起酒杯
那首领的手心里,藏着一块
头盖骨,刚刚被赐死的奴隶
血不断地淌下来,滴进一只花盆中
而他们摔碎了那件
陶瓷的艺术品
——甲骨文,这是一种
什么样的跳跃
连动植物也跟着他们的脚步
奔跑啊,奔跑
牛羊虎豹、玫瑰茉莉
荒野草丛里的秘密,星星的
私语,旋风
他们有野兽般的肌肉
从黄河的源头开始
从柔嫩骨朵上那一层细密的绒毛
洁白的婚纱,处子般的月光
正是泥泞之初

须要用脚掌去开辟道路
那荆棘密布的原初时光,亡国之恨
他们都是黄种人

Ⅲ

天地之间有个按钮
在花都,盘古氏的地盘
用翅膀可以飞过去
不通火车的地方,古称"南海"
那个洞口俯身才能进去
有人售卖着椰子
姑娘,你手中的吸管
正插进软而白嫩的果肉
高高的树荫,一片
空白风景,哦
那遥远的未来,动荡不安的
海水,吉他的弦
叮咚叮咚作响
间杂着沙哑的裂痕声
傍晚的宁静被刺破
有浓烟滚滚而来
石佛托着耳腮陷入困境

甲骨文,你是怎样的一副机关
盘古,他远在南方
盘古,他近在桐柏山上
在城市,在农村
在小树林,在酒吧
在工厂,在海滩
在宇宙——那九省通衢的中心地带
他把自己的身体撕裂
在花都,他最后一次消失

"自岁末以来,太阳不照。"这是一个阴雨绵绵的季节,我随着江苏作家团奔波了十几座城市,参观了各种各样的博物馆、文物史料收藏室,那些古老的建筑、神奇的传说,特别是关于鸦片战争、南京条约与太平天国的那段历史,对我触动很大,每天晚上略有所思,还因此逐一翻看了《黍离》《芜城赋》《扬州慢》,甚至《比萨诗章》,于是悄悄记下了这些内容,汇编成岁末一月的每日一记。纵笔下有豆蔻词工、心里隐黍离之悲,终究有语言不达之处,遂命之为"瓦砾"。

12.1

在古老城市最高的建筑物里
他整日整夜地伏案书写
一个来自广西的石女替他磨着墨
闭锁、缺失或者横膈,他写道
——东都妙姬、南国佳人
想了想,他接着又写
——秦淮八艳、扬州瘦马

12.2

从你的江边,带上你的
石子、枯叶,和鲜亮的红肚兜
但别忘了藏好你的刀枪

12.3

一边是在英格兰的舰上签字
一边是血火的战场

12.4

他们伪造了大批的古典建筑
黑暗的钢筋混凝土,潜伏在
棕色木质的框架深处
但那城池,掩饰不住人们流露出的悲哀
——他们只是用一种仇恨引燃另一种仇恨

12.5

"但是,他在城里干什么呢?"
城外的曾国藩每天都在思索这个问题

12.6

秦淮河水染红的几张纸片
文字斑驳,隐约可见"##条约"字样
白发苍苍的母亲指着那具无人敢认的
尸体说:这是我的儿子
天父天兄天王太平天国开朝勋臣殿前户部正地官
"天黑黑,欲落雨"
那天,史官在册子里这样写道——
一群披头散发、横冲直撞的大脚蛮婆

12.7

《中英亿万年和平条约》
大英帝国一八五一年六月
大清道光三十一年六月
太平天国辛开元年六月
交银六百万圆
大英帝国一八五二年六月
大清道光三十二年六月
太平天国壬子二年六月
交银六百万圆
大英帝国一八五三年六月

大清道光三十三年六月
太平天国癸好三年六月
交银六百万圆

12.8

天父发出了第一批指令——
a. 办公室一律装上女子监控系统
b. 严禁女性的头发染成黄色
c. 模糊处理她们身份证上的脸,用大数据说话
d. 必须与她们达成一项条约以限制人类的生育
e. 制作春药的机器不得发明

12.9

玄——
有人轻描淡写地说:那只是
一种燕子羽毛的颜色
(天灵灵地灵灵)
他用刀枪逼迫自己相信
他用火炮逼迫自己相信
最后,实在感觉荒唐的时候
他让梦境说服自己相信

——我是天父的儿子

12.10

天父发出了另一批指令——
a. 杀死那个无所不在的叙述者
b. 用多层次变调、蒙太奇拼贴和
同声对话等,来对抗那些僵硬的模仿
c. 树立一个全新的理念:全方位现实
——主观感受的不确定性
d. 全面接受"##美学"的全新理论

12.11

而在这个时候,字典里的许多方块
纷纷向他涌来
这只是一方石头将被雕琢前的沉默
——请不要咬文嚼字

12.12

城外的碑石上刻有一些字
"滚吧,居民

赶快逃离你们的家
团练？别自取其辱"
祖母绿的石笋，温馨的阴刻线条
"滚——"
但是城市里的人们仍在沉睡中抱着
他们的细软

12.13

乱，这个字源于"镰刀割舌"
堂子街的扬州画师们一本正经地工作着
他们浑身冒着油彩

12.14

望远楼，把战争画在墙壁上
把灯火画在墙壁上
把奢侈的帝王生活画在墙壁上
把一切饥渴、把一切失去的美好时光
都画在墙壁上
把天父也画在墙壁上，把那一对偷情的
男女兵士也画上，并
染上浓重的彩色

12.15

他们开始印制钱币
每一枚铜板上都刻上一个"圣"字
喝彩、喝彩
历史学家们拍手称快
他们说,这才好事开始
烧炭工的故乡早就流传过这样的传说

12.16

——那是一幢
能够在一夜之间灰飞烟灭的
建筑物。空气的姐妹
她们的惊恐和狂喜都是装出来的吧
父亲的刀正晃在母亲的头顶上

12.17

傅善祥。她没与东王一起去死
她嫁给了一个手持洋枪的勇士
(她第二任丈夫的部下)
湘军围攻的夜晚,她悄悄埋葬了

一些嫁妆以及一大批军事文件
城破之前,她嬉笑着对丈夫说
——我们可以不用那么严肃呀
我们可以谈情说爱

12.18

他们有时候会假装祈祷
教堂,肃穆的大空房子
一群彩色塑身
在恋人的心目中
一个王国的毁灭,决不亚于
一个"人设"的毁灭
教堂的后门,蓝色的油漆剥落
毁灭,毁灭
像一架"乙荣五年"锻造的铜炮
随着一串喷薄的哑弹,毁灭

12.19

谁能有一支画笔,将冥冥中的
那些场景描绘出来?那些
被遮蔽了的绚烂——

东王、慕王、忠王、赞王、章王
还有更古老的,司幽、三身、季厘
儋耳、牛黎等,那些小国
人们的马车驮着新鲜的果蔬
每天仍在进城,这样的画面
与远古的往日一模一样

12.20

在甲壳或腿骨上钻刻,然后火灼
腰腹部的赘肉慢慢恢复条纹
走向清晰,但无法判断奇偶
"尔们何故咁逆旨,总是红眼睛迷缠。
缠尔去做鬼豚粮,速快挣脱好上天。"
他们往这坑穴里填充多少杂碎
我们就得在这路上走多少弯曲

12.21

秦淮河左岸、苏州河右岸
那只是这座巨大城市的一角
地图上的一抹珍珠色
——那里如今成了野生动物的家

饲养员仍在,他们还是我们的亲人
——这可是"和平条约"里约定好的
江左的土地,江东的父老

12.22

天鹅的脖子
珍珠色的城堡
古文老师的头发里有些白色亮片
公元 1912 年 2 月 12 日的阴影投射下来
一副眼镜,反衬出他脸部肌肤的
些许滋润——一件前朝"老翰林"的
标志物

12.23

那园子里栽种了一些
药用草本——奇妙的童年香味
巷子是东西走向
一座弯曲的小木桥
桥面很窄,每天走过一个"风雨飘摇的我"
那巷子深处传来阵阵哀泣
朝阳,他回忆起那片朝阳

12.24

他曾偷了父亲床底下的"五元"纸币
买了一堆糖块和三只黄皮梨
却被遗忘在衣柜的角落——
学兄们一边举着斧子
一边仍在嘲笑：一统天下，这不过是
一场虚假繁荣的梦

12.25

幼天王洪福贵控诉道
——我有八十八个母后，谁
敢奈何于我

12.26

血红的城市
灰暗的时刻

12.27

傅善祥，死于瞻园

苏三娘，死于瞻园

曾晚妹，死于瞻园

谢满妹，死于瞻园

程岭南，死于瞻园

胡九妹，死于瞻园

洪宣娇，死于瞻园

12.28

地堡城、太平门、神策门

聚宝门、水西门、汉中门

堂子街的画师仍在挥笔不止

油彩与烟灰的气味混合飘荡

唤醒了一位华人女作家的灵感

她用一本厚达七百八十多页的诗集

来斥责这历史的不公与遗忘

——一位国刊的老编辑强烈建议

在和平时期，人们可以随时参照一下

她文字里的那种愤懑情绪

12.29

草药仍在疯长

挂在墙上的领导自拍照已经暗黄
他回忆起那片朝阳
"上知天文,下知地理"
学兄们的嘲笑声仍隐在耳边
"砸烂孔家店!"

12.30

修、齐、治、平
从天下、国、家到个人?还是
从个人、家、国到天下
酒桌上的无聊争宠
那些草本疯长进"洋药"的芬芳里

12.31
——昔日芙蓉花,今成断肠草
忘忧草的故乡呵
"基部心形,边缘为不规则的
波状锯齿,两面无毛,叶脉明显"
她的津液——杀人如麻

荒岛

I

一座时间的荒岛——十年
似乎是一种漂流,仿佛源自于
一个古老部落的传说故事
"死士的擂鼓""风吹蜡烛"
他们,一袭灰色服装,每人手中
持着一根台球棒
相互挟持,欲置对方于死地
——那可怕的钳夹力量
有人抱怨自己老废无用

II

茫茫海水边,浮动着坚韧的游丝
一只肥硕的人面蜘蛛悬挂着
我把手机镜头对准目标
不敢靠近,但务求取得成功
——手感、清晰度、色彩、纹路、恐惧
其实,拍摄结果只有一种黑白色调
我试图再次靠近,把镜头调整为
"人像"或"全景"
我踮着脚尖,害怕自己坠入深渊

那"恰当的距离",如此难以把握

Ⅲ

一只小狗突然钻入我的怀中
嗦嗦
毛绒绒,柔软的舌头
我抚摸了一下它的背
开始训斥它,抽它的脊梁骨
它尖尖的牙齿咬住我的手
"疼痛感不是太重"
无法清晰地感觉到它的咬合力
似乎是在试探

Ⅳ

我跳起来,大叫它的名字
并操起一只破板凳挥去
它逃窜
从一间敞开的偏门里闪出去
——一片混乱的土黄色

V

"它坐在一张低矮的方木凳上"
有人向我这样描述着刚才那只狗
"它发情了"
它嘴巴里湿漉漉的口水

VI

那群人仍在凶狠地对峙
有人要驱逐我——这一位不速之客
贸然闯进了一个是非之地
这座被时间挤走的区域——
十年
荒岛
拐过这座小山坡就是我们的学校

VII

"起先他们坚决阻止我"
我只希望了解到一些事实的真相
尽力报道那些比较阳光的部分
"后来他们半信半疑"

我会还原这个"部落地区"的美好一面
岛上的空气、植被、生态系统的健全
终于有人松开了我的胳膊
我喘了一口气——只是在
一刹那间,这个故事演绎了整整十年

骨牌

烛光轻微摇晃
尖锐金属撞击
我正慢慢阖闭
这本书里弥漫着忧伤
而窗外,亲人们
披着月光走进屋里
一部电影已散场
皇帝那厮终于被暗杀
人们诡异地笑
这身体的稀薄能量呀

一位隔壁掌柜央求我
"扬州十日"
这首曲子值得循环单放
他家的商品已遍布大江南北
急切希冀着这样的热点
"在那场格斗中,他的身体像
一只虚无的馕袋
香味散发出去
再不停往里输送养分
有的部位是空气、水
更多的装满了沙粒、碎花
石块、扭弯的树杆"

——它们轻如鸿毛,却
无法触底,仿佛有一些浮力
正在抵挡我们的肉身

节日

棋盘格模糊
"马",在"炮"和"车"的夹击下喘息
他们处在一座桥的边缘
四望亭路主干道
他们的小木凳阻拦住了绝大部分行人
车辆穿梭,嘀嗒声隐现
一串人仰马翻的悲吟
排成长龙的妇女们,纷纷
拐入菜市场,扬州石塔
古老的建筑,古老的雷劈木
——那装饰一新的废墟
老西门的砖板上看不到一丝
战争的痕迹
"车走直、马走日、炮打隔子"
他们有他们的信物
仿佛是那些小贩们的叫板、摊牌
成交——苍蝇严肃的嗡嗡声
雪白的虫卵植入丰润的鲜血里
生命,有时候是一种交换
一种刀枪辉映
有时候是一支箭没落在城墙断壁里

家禽

喳喳喳喳
——那整体抖动的平面
呈现一派麻褐色
粗糙的音质
圆滑音、揉弦
水流有多重方向
万箭齐发的纷乱场面
有一对翅膀却不能飞翔
因为身体的某个部位
重心一直偏转,不可抗拒
一条旋涡泵式的设计原理
喳喳喳喳
我们在集体抢食,那一袋袋
复配好的饲料
催熟、交媾、繁殖、哺乳
织成一条命运的产业链

大雪纷飞

雪，那恐怖而崭新的黄褐色，
像一只脊背挺直的昆虫？或者长蛇？
小小的眼睛，那锐利的洞察力
恐怖而崭新，是不是失去了翅膀？它的
网伸向四面八方，伸向
古往今来的每一个
日落时分。
天气寒冷，预报有暴雪，
"难道不是橙色？棕色？"
有成片黑色的底，那无边无际的深渊
至今仍无"着陆"的铿锵声
那对轻盈的翅膀变成了笨重的六条腿
两根粗壮的触须
它能在陆地爬行，在水面与空间
更是飞扬跋扈
而我们只得开始步行，轿车在冲洗
4S店门前铺满了玻璃碎片
整个大地沥青味十足
一颗螺丝钉给市场带来了活力
喝了一口浓茶，冲淡彼此之间的恶意
陶朱公问：现在流行什么品类
此时需要大批游客，来解决新能源的
消耗问题

卡路里,卡路里
我们在车厢里昏昏欲睡
银行账单已出,市政大厅里
挤满了股票投资人
气象局预测,大雪纷飞
下一次涨停,将彻底消灭私有制

甲骨文

1. 鲁哀公与孔夫子

傍晚，一片灰白条纹的
云，从屋子上空飘过。
我正在将一行行的农谚歇后语，
抄写下来，汇编成一本古旧的纪念册——
"黄色的月亮，
晓看湿处，
芳香物质还在散逸。"
"不！那应该是150万年前的景象。"
他固执地相信，那是一片
爱情的净土，鲁哀公的摄提纪。
他为孔子写下了一篇墓志铭：
"茕茕余在疚，呜呼哀哉！
尼父！无自律。"
一件陈旧的藏青色衬衫，
的确良布料，半透明色，
成了电影里的主角。
甲骨文，这是一种怎样的
闪烁，闪烁。
竖排的条纹，间有丝丝缝隙，
仿佛在繁体字的行列里，
掺杂了拉丁字母。

吟诵声从远方飘来，像

一阵风，或者那片灰白云朵。

这是三位一体吗？

镜头在晃动，

夕阳很明亮，人们似乎越来越年轻。

2. 老照片与铅笔画

一张黑白照片从识字本里掉出来，

我的笑容生硬，面部的肌肉错愕。

空白处暗示着自己的想象。

"没有！"

那个偷儿的名字叫"没有"。

这是幼稚园老师的课程——

一支铅笔滑入田字格，软体的墨团变粗，

在纸面上刷！这是一种

无法言喻的技能，可勉强记录为

"特效"：浓黑一片，绵延的骨胳，

互相侵犯的纹路，一张相片与

一幅画的交织，谓之"互文"。

甲骨文，你那无穷无尽的想象力！

我只偷偷瞄了一眼，"丑陋不堪的……"

我的秘密资料是如何集成的？

一部儿童的卑怯史,但
它仍然专横跋扈,像
一只蚊子,嘤嗡嘤嗡……
我正好奇地打听,一九七零年,
二月八日那一天下午,发生的
随机事件——
我刚出生,一群旁观者已
编译了我的传记和轶事。

3. 广播匣与捕兽笼

一件内衣,透明、暗黄,
那隐隐的破洞,泄露出
整个庭院的机密数据。
它正在晾衣架上晃悠,
一只小猫伏在我的背上,
草绳恰巧在这个时候打了一个结。
甲骨文——你那明暗交错的结构!
那些蚊子就是一种声音,
"广播匣里藏满了蚊子般大小的人。"
金属材质的电线,泛灰色,
逐层地陷入衫衣的经纬里。
——这个世界怎么布置了那么多的线?

攀——这个字的笔画记不清,

"登山攀高峰,行船争上游。"

那匣子蜕变成了一只

"机器笼",纯木结构,

发明者的左眼被一支猎枪击中,

剥皮抽筋的手艺,在后山的洞穴里

突然绝迹。故事里

少了那只哀怨的小猫,

它额头的伤疤衍变成一抹花黄。

"你们、你们不能连窝端!"

一台船载的电动机,嘤嗡嘤嗡……

他的斧锯余温未消,

幸存的右眼闪闪发亮,

他手上血迹未干——

事实的真相是,我们的恩仇模糊不清。

4.《三字经》与轧米机

小窗洞开,一层纸糊的帘,

土坯圆的轮廓上有泥水匠的手印。

那些草屑呈现富贵的金黄色,

一首批驳《三字经》的儿歌,

在空中飘荡——听不清,

那流水里掺杂着什么样的琴弦?
打谷场上,那些倒影忽长忽短,
每个黄昏都有一阵清香。
白盔帽,一个神秘的中年人,
他踏着一条灰色的水泥船,
电机驱动着那串嘤嗡嘤嗡的声音。
沟头的沙滩上,两位小姐姐
正关注着一场表演,我们玩弄了
一台铁制的轧米机。
甲骨文:你那复杂的雕画工艺!
稻,用簸箕扬糠,舂米的石槽上,
那些米粒有玉石一般的质地。
但我那天却忽略了蚊子的声音,
母亲善意地提醒我——
"窗外有更广阔的视野。"
两个风马牛不相及的事物,
却有着彼此呼应的频率。
我领悟了纸张和泥水的
同一个梦想,那当中,
镶嵌着一盏结满污垢的玻璃灯。

5. 千棵柳与地震棚

村书记说：我曾翻看了上古版的
《竹书纪年》，详细了解到关于
本地的"千棵柳"传说。
但我手头上只有现代版的《辞海》，
怎么也查不到，它们是如何与
甲骨文发生了关系。这时候，
百岁老人赵翰林从西街走过来。
看不清他的脸，一缕夕光披在他的
身后，我们在两棵小楝树上，
分别刻下了标志——
据说这是一种抗衰老的古法。
甲骨文，你那疯长的翅膀！
黄瓜架，豇豆棚，
绿莹莹下面的一条蜿蜒小道。
韭菜每天都想开一次花。
半透明的塑料薄膜，蒙上了
一层水汽，呈现出银河系一样的白。
鼓胀的麦粒，鹅黄的小嫩芽，
爱情荒芜——这是庄稼催熟的
一种偏方。育苗棚的外形像一座
巨大碉堡，我们从中鱼贯而出。

但人们有时候会迷糊起来,
混淆了育苗棚与地震棚之间的
分歧——它们,一个是
塑料制品,一个是草木之心。
三阳溇沿岸的数千棵杨柳,
已随风飘散。

6. 老医师与独木桥

草药,这是一个乡村医疗点,
中堂悬挂着年轻英雄的画像。
医师露出笑眯眯的眼神,他手中有刺,
高锰酸钾在伤口愈合处泛滥成灾。
功劳簿的文字异常潦草,
从西窗射过来的光线,似乎是
一场恶作剧。
鱼腥草的叶子几乎蔫落。
注射器针头尚未拔,病人已出院,
"这个相框里的人是您吗,医师?"
我有很多零花钱,买了很多糖果。
风雨飘摇的人生,呈现在
一座独木桥上——
甲骨文,你那一座座隐隐的坟头!

正暗喻着我们父母的乳房——

隐匿在绿茵场中的小沟渠。

老医师的女婿,把蛇毒精华的配方,

带到了县医院:祖辈那

黑色小瓶子的秘密,被全部曝光。

药书里记载的,大多是些离题万里的

传说故事——页页破烂的纸张、

破坛子、破罐子。

小杂货店的老板,怒视着

前来抢购的人们——

假皇帝!假太监!

他们脸部的麻点排泄出历史上的

天花病毒:这是上天赐予的礼物,

祖祖辈辈的养育之恩。

嗯,一位是英雄,一位是医生,

他们都是画中人。

7. 秧苗地与青铜器

嘤嗡嘤嗡,嘤嗡嘤嗡……

电机架在秧苗地里,

一只蚊子的针管汲取着血液。

河水奔涌,泥沙里浮出一支

浑浊的古青铜剑。
那些夷族，随着大海向东方褪去，
他们遗落的贝壳、铜簋、玉鬲，
暴露了他们的财富自由、男女平等。
一张大弓拉开，胜负未决。
锄地的人抬头看了看远方：
"从学校到你的家，一共走了多少步？"
这是一个先知先觉的问题，
有人提前将一枚铜币，放在了
观众的口袋里。
那些柳树的倒影，仿佛一根根羊皮弦，
行色匆匆的路人在偶然中发明了文字。
甲骨文，今天还有羌俘和矿石吗？
古老的彩陶纹饰暗示着——
那些青铜器，亦兵亦农，
亦是优良的室内用品。

8. 萝卜缨与大食堂

萝卜缨的绿色里有时泛红，
那是一种金属的特征。
土地的使命就是要不断培育，
或者召唤那些不同的植物品种。

白嫩的肉质里有星星点点的光,
舌尖
植株生长的时候,有时会发出歌唱,
当你走近,听——
"啊,我那高出泥土的部分。"
酸酸的体质,柔嫩而富有光泽,
缨子的表面隐藏着许多的沟壑,
时常暴露出自己硕大的果实。
浅紫色的汤水——
校园大食堂的纪念日,
盐、糖和菜籽油的尖锐冲突。
甲骨文,你那纷繁错乱的谷堆!
"公子,我已许嫁给你了。"
——它们继续唱道。
你透明的篮子已装满了水,
土块从细密的网格里漏出,
越来越轻,越来越妙,
而奔跑的路上,校班主任与
村长同时出现,他们
分别堵住了两种不同方向的通道。
萝卜缨凋零的时候,其他物种
在快速生长。

9. 赵鲁迅与邓世昌

对面的亲友们催促我说:
"你笑一笑呀!"
于是,一张皱眉的照片,从
镁粉照相机里掉了出来,
淡蓝色的烟雾。
我龇着牙,脑门上缺了一块毛发。
灰色的阳光。
刚刚用脚步丈量完学校河对岸的
那块花圃。
清新的药香味。
我背着表妹偷偷把剩下的糖果吃完。
百货店员的名字叫"赵鲁迅",
他抽屉里的纸币里,藏着一本
"新狂人日记",他的名片上
印满了各种职称和封号,
他的长相酷似电影里的"邓世昌"——
致远舰,那场"唯一"令人沮丧的失败。
甲骨文,你那冰冷而无耻的眼神!
我把那枝从种植地里偷采下的
鱼腥草,狠狠地扔进了鱼塘里。
病恹恹的爷爷在木板床上,勉强

抬起了头,那一张苦涩的笑脸:

"今日之事,有死而已!"

李鸿章的梦一下子破碎,

"好吧,我好好练习一下微笑的表情。"

10. 广场舞与李清照

"忠"——

枝叶婆娑,

晃动的影子,迁移的舞台,

在无线音响系统的

控制下,他们手拉着手,

一片暮色里的暧昧,

交错的身体,

演绎着一具红色的头像,

木板壁上的余晖。

那对称的结构——

沽名与霸王!

起先,墨迹未干,

冰冷中稍感温馨,

后来,纸的一角在微风中翘起,

泄露出一些关于李清照的故事情节,

江东父老的疑惑,

甲骨文，你是怎样的一枝
幽暗的梅花！
"他才高八斗、力能扛鼎。"
"秦制之得亦以明矣。"
旋转的女高音，
节奏感的拿捏——
私人情感蔓越，
声光混杂的无限可能：
——"忠"。

11. 女英雄与正规军

一把木制的日本军刀。
那个乞讨的姑娘叫纯子，
她是我们这次行动的"目标"。
在邻居阿根和蔡明珠家的巷子里，
一支儿童正规军练习着冲杀，
日本首领鼻子下方，那
一撮胡须，像一面旗帜。
我把手中的木质军刀举过头顶——
金黄色的草垛，暖洋洋的午后，
冬季风从楝树梢上滑下来。
紫色的花朵早已经飘散，

我正在杜撰一篇抗日女英雄的
故事——呵,救赎!
甲骨文,你如此的神采飞扬!
那把手中的木质军刀挥向她,
天色黑青。
起初,纯子姑娘一脸的惊恐,
我身后的喽啰一起扑上来:
"打——"
她突然把衣襟掀起,
露出洁白的胸,两只
凶猛、绝望的小乳房。
我后退了一步、两步,
正规军全部溃散——我们的一生,
似乎被浓缩在这一场屈服之战中。

12. 珠子灯与婚纱照

"但是,友谊结束了。"
她的嗓音里透着忧伤。
太阳下的叶子变得透明,
树干也亮了,像那盏珠子灯,
跳啊跳,那微暗的火光。
红色的砖墙,像一幅移动的油画,

百货大楼的影子在晃动，
蓝色封面的代数课本，
被丢进了门口的小溪。
香气扑鼻的油条和三丁包呀！
孩子们的欲望被堵塞。
甲骨文，你那弯曲而
温柔的线条！
低调奢华的泥巴墙上，
涂满了方方正正的笔迹，
石灰白的底色、墨汁的字，
像舍罕王的棋盘格里铺满了米粒，
像天上落下来的星星，
它们只是一闪而过，迅速
在脑海里消失——
"他们将要结婚！他们将要分手！"
名字被遗落在家谱的灰尘里，
毫无表情的面孔挂在墙上，
仿佛每时每刻都在提醒自己，
但他们无处可逃——那盏
珠子灯的亮光，
映在了永恒的装饰框里。

13. 白玉桥与打谷场

那座白玉桥的颜色已泛黄，
雨水淋湿了梦中出现的
所有枝叶——孩童们的热情，像
灰尘一样被冲刷干净，
他们簇拥着一位老人挤向前去，
扑克牌散乱地铺在草地上，一匹马
跳了进来，游戏里的子弹，
冒着烟雾，嘤嗡嘤嗡……
所有的目标瞬间都被消灭，
我们只剩下手中的最后一个筹码。
红色的线条在纸面上游走，
最后一个格子演变成了
一场新戏剧的开始——
枯涩的词语无法表达那个场面。
甲骨文，你那命运乖舛的一生！
一辆轿车正翻越那座桥向我们驶来，
"三十公里约等于十五分钟"。
高速公路的出口正滑向我们的目的地，
鱼腥草、香肠、哥佬官牛蛙、白米饭，
但厨房里缺失了餐具，
连一根筷子都没有。

星空下，空阔的打谷场，
"红灯子大妈"仍在直播那个苗族故事：
"法师，我是选择上刀山还是下火海？"
啊——这些遥远的传说如此相似，
同样的困境已经离我们越来越近。

14. 田字格与偷鸡贼

那天我突然醒悟：
光？流水？或者是语言，
一排弯弯曲曲的数字？
铅粉在田字格上蔓延开来，
漏出了纸外，似乎
牵扯到了故事里的那桩案件——
慢条斯理地踱着步，古街
农人抱着他的老母鸡，
逢人便讲跟他那穷困有关的典故，
一个过路的贼恰如其分地出现，
（悲剧有它的必然性。）
这里，用愚者的三段论，
推理出下一个、下一个、
再下一个。无穷无尽的机缘。
嘤嗡嘤嗡、嘤嗡嘤嗡……

罪过已不是习以为常的"短斤少两",
集市、旅客、店铺,
骗子、歹徒、案犯,
预期的收成和预期的好价格。
甲骨文,你那混乱颠倒的逻辑!
后来,甚至出现了迷恋小媳妇的老和尚,
烛火、古井、小舞台、女诗人,以及
圆桌餐会上的节目——
"旧灯换新衣。"

15. 不确定与芦苇叶

"无根性"的说法是值得商榷的,
恰恰说明了那幅画的内容丰富而不确定。
贴在墙面上的古镇?或者是
一只误读的蚊子,飞呀飞。
那个秀才,也许正是我自己,
悄悄上岸,偷偷叩响那临河的门扉。
铜茶壶在火炉上煮沸,两位老者下棋,
我描了几幅字,开始操练古琴,
那艺伎手把手,纠正着我的动作。
甲骨文,你那奔跑的文字!
画中的古镇开始生长——

仿古的建筑，挂宫灯的
木廊越来越深，几乎在流动。
人们的胸口贴满了窗花、剪纸，
飞檐斗拱的弯曲处现出好多轮月亮。
指尖的墨汁融入了琴弦，
那些芦苇的叶子，几乎在一瞬间，
完成了生老病死的全部过程。

16. 草履虫与古城堡

黑暗像花瓣一样，从
阳光的枝头落到地面。
当它从草履虫演化成一只
软体动物，身体的奴性却更加增强。
这里曾出土了大批结构良好的水井，
绝望的东阁大学士给妻儿留下了一出戏，
露天电影散场，孩子们挤在成年人的
队伍中，睡眼惺忪。
甲骨文，你那伤痕累累的硕果！
嘤嗡嘤嗡，嘤嗡嘤嗡……
倒扣的船舶、形似一座岛屿，
那数以百计的城堡，均属于
同一个文邦，他们的掌纹如此接近。

攸侯子喜带领了十万大军飘洋过海，
他的理想是要在岛上建一所监狱，
以便等待一位天才画家的描摹。

17. 甲骨文与夏王国

夏，这个字很唯美。
在草木搭建的一架凉棚里，
我正在学"甩发"。
后来把额头剪宽，假装智慧，
暗黑的空间里挤满了躲避灾祸的人。
一个村干部奉劝各位：不妨用
稻草的味蕾，感受一下甲骨文的异趣。
据说，释迦牟尼得道的那天，
母亲恰巧生养了我，
而那夜晚，一只小兽失踪：
——鲜血表达出花钿的芬芳色泽，同时
也遮蔽了草木灰的废墟特性。
夏，是一个人；
夏，是一个季节；
夏，是一个伟大朝代；
夏，是一个神秘彪悍的西部王国。
而蚊子的叮咛只是一种嘱咐。

甲骨文，切不可忽视它的秘密武器！
那段潮湿溽热的日子——夏；
那个异常恐怖的甲骨文汉字——夏；
（一具被车裂的尸体！）
那些记录已经断了连续性，如同
一册蒙昧的不良篇幅。

18. 狂犬病与价值论

灰黄色的沙地，一只绿色的
小塑料牌，跳啊跳，
我的伙伴是一条白色的小母狗。
"公子小白"，它的
羽毛里有黑色斑点，
眼神温暖、举止亲昵。
当我从一场露天电影中归来，
它狂奔过来赐我深夜之吻，
它的舌头常常灼伤我的眼睛。
后来，它的身体被注射了一剂
恶毒的狂犬疫苗，
"一百九十八元"，
村委会、兽医站、印刷厂，
人们有一整套行之有效的理财经验。

剩余价值论。

我的英雄啊，你那

无数个一百九十八。

甲骨文——这是怎样的一场童话故事！

但我们每天只能以稀薄的

汤水，来维持

乡村旅游的正常秩序，

正如同那后来失踪的

一张绿色小牌，

它的身份之谜，

白色的骨头。

遗忘吧，狠心地活下去。

黄山

我行走过很多的地方,

每一处的山川都不一样。

我很笨拙,一具皮囊滞涩而

沉重,每天乘坐不同的交通工具。

云彩,山岚,气温,

它们在旋转,我的身体也

不断改变,仿佛那些树木

正在合并,山水重新拼写。

西北

有一条小河弯曲着偏向西北；

河岸边的几棵树扭向西北；

田埂、沟渠，弯向西北；

那块草滩上，我与李海同学打架，

我们的弹皮弓袭击的方向朝着西北；

我被揍，跌倒下去，朝向西北；

鱼儿在水里游向西北；

风吹向西北；

外婆的村庄偏向西北；

小人书这样描绘过：西北，哦西北；

我的外婆已久不在人世，她的墓

处在西北；

整个世界沧桑巨变，

也是向着西北。

史可法

一座废弃的运河码头,
未尝不是一座可疑的陷阱。

I

关于他的死,有种种疑惑。
他的失踪,成了这座城市的
一桩心理学之谜。
那些桥,感染了一种不安的
流动性,而那
废墟里长出数千棵柳树。

II

天色暗下来。
轿车在一轮无限循环的圆圈中
急速下滑,它的路线明确。
插满芍药和桂花的花园里,
一对红嘴巴的鹦鹉,其中一只
突然飞出笼子,
"模拟一场离散的婚姻。"
那时候,扬州城人满为患,
——快,我们搬到东沟,

那儿空气清新,水草丰美,
那儿有吴三桂将军的庇护。

Ⅲ

那只鹦鹉跃出笼子,却
落入了一只猫的视域。
三角梅,多丝茉莉,木瓜海棠,
那只猫,全身虎斑皮毛,
领正白旗,为惨死的母亲建庙。
那高高的塔顶装满巨大的琉璃,
——整夜整夜地发光。

Ⅳ

一座带着"王气"的山被凿开。
河边,建满了女人的闺阁,
东林党人在那儿讲课,他们
每晚假扮成秀才的模样,
从临水的门扉走进去。
艺伎握着他们的手,在琴弦上
弹拨一首首死亡之音。

V

梅花，自刎。
"露天电影散场，我挤在大人的
队伍中，睡眼惺忪，
而看客们非常绝望。"
驱除鞑虏——屏幕里突然传来，
多铎将军罹患天花病的消息。

VI

成人世界的琐碎欲望。
他曾邀请他的妻子一同赴死，
却遭到拒绝。

列那狐

I

当她被
当作一只暴毙而死的
皮毛动物,扔进了
箩筐的那一刻,
词语有了继续探究的
可能性。
吱吱吱吱,车轮滚动,
渔夫仍旧拉着他的破旧车辆。
地面的水正在结冰,
滑溜溜的阳光,
她仰面朝天地躺着数日子。
"作为鱼这种东西是多么蠢笨!"
这里,感官和时空都发生了
扭曲——是谁在撬动
整个鱼类的月亮和闺房。
而此时,她打开了词语的
另一面,一张更为辽阔的网,
亮晶晶的,晾在架子上。
她的尾巴伸向所有的网眼,
一条条鳗鱼被扔到地面,
渔夫眯着眼。他恍惚看到,

那些鳗鱼涌向了星空,而
大海里充满了他的失望。
最后的一条鱼被扔到了
地面。像吹出一缕烟,
她机敏地跳下了车。

Ⅱ

当她一次又一次地,把
那些鱼从筐子里扔向空虚。
沿途的风景,都被她错过,
她的劳作满足了她的遐想。
这是一个孤立的场景,充满了
假设,逻辑与修辞学的
结构调整——她并没有
意识到这些。正如那些
阶段性的比赛,没有人参与,
奖品被人放弃,连
爱情也被人忽略。
一群鱼,这个时候,
如何在空气里停留?
那流动的盛宴,那些作料
紧随其后,电烤炉滋滋响,

啤酒倒在杯子里。
年轻人围坐着，响指，
筛盅、棒棒鸡，
而列那狐扳着她的脚趾。
这个星期天没有一个过路的
客，一路上空空荡荡，
她成功地渡过了所有的关卡。
这场游戏中最大的
受益者——她从那短暂的
空虚里，捞回了所有的鱼。

会计

纸页、算盘、计算机屏幕、手指的
比画、脑子里、舌尖上,
那些数据、数据、数据。

他只是窑场早年的一位会计,
但他不断询问那些菜场商铺、
那些写字楼的行情。

他将要收购这小镇上的泡沫,
那些沙沥、干水泥、碎玻璃,
所有卖药的人都挣了钱。

他再次询问价格,仍没有
丢下定金,他的心里,
有一只关于时间、风水和
虚拟价值的计算器。

商铺、不断扩展的菜市场,
粉色的幼儿园,带着
教堂塔楼的尖顶。
闹哄哄的小集市。

但那窑洞,跟他的脸一样,

成了一抹稍纵即逝的光影。
他的脸仍然是那么白净吗?
也许我从来就没有看清。

说吧,你说,为什么待着不走。
那个矮胖年老的守门人瞪着我。
"肉包子的香气!"会计嘿嘿笑着。

我曾经在烧制砖瓦的烈火里,
埋进了一些梦想,一片
叶子、三五只字母?不,

是一把手枪模型。那时,
我每天都需要一支武器,
以制止某些看不见的叛乱。

这是故事情节的必要道具,
儿童团领袖的尊严,以及
一只肉包子引发的强烈控诉。

小铲刀在坡顶上翻滚,
石头和高粱穗轮番上演,
不断冒出的蒸汽仿佛在暗示,

这一种特殊的生理现象——

促使我下定了决心,一次性并购
他篮子里的所有空气,以及
他们虚假的城市建筑和数字。

美肌园

I

不,这不是乌托邦的叙述。
那投射在地面上的影子,
丝毫引不起人们的关注,
燕子,那黑色的飞舞。

II

这是一张普通的
A4 白纸。它的容量足以
抵挡一棵枝叶张扬的
桂花树,或者一座城市。
——它那无限延伸的
边缘,白色的深渊。

III

我往这张 A4 纸里
填塞着石块,并
掺杂着部分的
煤渣、碎铁。一群
大白鹅摇摆着走来,

它们纷纷踩踏——
哎呀,我的那张
完美的设计稿。

Ⅳ

一座山角被它们踩塌,
掉出一张藏宝图,
数百亩的荷花:
"光头的油腻男正在偷窥!"
"他埋伏在峡谷边,对面是
一大片雪白的莲。"

Ⅴ

荷花池的对岸,处在
那张 A4 纸的最顶端,那里,
白色的鹅群来回穿梭。
"令人愤怒的画面!"
我们添加了整整两排的垂柳,
以维护荷花的尊严:
"依依袅袅复青青。"

Ⅵ

山顶上,刚种植的
两株对称的海棠树,
一株正开着花,
另一株走向衰亡。
那条上山的小砖路,
荒草爬满了整张 A4 纸,
包括那些设计结构的缝隙。

Ⅶ

我们企图绕开那些
陌生的汉字,或者往里
塞进一些古罗马字符。
那些绿色的鹅屎铺满了
整条大道。"我要的
不是这种油画效果!"
我小心翼翼地踩过,
那些灰暗的空白部位。

Ⅷ

"好吧,一定要在这里
修建一座六角的亭台!"
为了平衡整张 A4 纸的
内部规划布局,放下假设、
放下空想、放下仇恨,
让我们彼此相爱吧。

愤怒的稻草

稻草编织的

硬邦邦的、两架交接的

梯子,高耸着

相互依存的稻草,

发出金碧辉煌的

尖叫。父亲正向那梯子的

顶端攀援,

目光如炬。仿佛

有一股浓烈的硝烟,

将要吞噬整个

宇宙内部的幻想。

呼噜噜呼噜噜,

一旁的花斑胖猫(它叫肥肥)

仍在滚烫的稻草垛里打盹。

这才是傍晚,

月亮已经升了上来,

夹在梯子的格子间,

"温暖的小缝隙。"

一团光线聚焦在稻草上。

梯子的下面是一群

抬头仰望的人。

面对那把疯狂的镰刀,

人们无语。

发光的白色墙壁,
黑色的字,潦草、疏离,
只读懂一半的哲理,
摇晃的叶子,青涩的香味。
镰刀正在接近,
稻草的腰部曲线。
消瘦的脸庞,有些胡须,
镜头闪过,父亲那
念念有词的嘴唇,并伴随着
一支八一电影制片厂的
交响曲。
这个金黄色的、摇晃的、
耸入云霄的、即将融化的
傍晚。

西红柿

不要企图拆散西红柿和
大豆们的姐妹关系。
红豆是相思,而黄豆
是威胁。不要招惹
那些小虫子,它们
是一把喜欢看星星的雨伞,
一撑起来,就会反弹。
向天空,向更远的方向,
似乎是要把这些雨水
收集起来,倒灌进心脏。
"尽管我们的话漏洞百出,但
真理与仇恨掌握在我们的手上。"

苹果

"每个人的笑容都不一样!"
秋天快要结束,
女诗人从风的手中,
接过那只烂了一块的苹果。
它满身红色瘢痕,一条
青蛇正诱惑着它的主人。
红色的落叶堆积成一张床铺,
那个男人疑惑地站着:
"不,你不能……我们
将要忘记什么是羞耻!"
男人的身体里,某一根
肋骨正在被拆除,强烈的
快感迅速弥漫,灵魂阵痛。
——这时候,那只苹果
大笑起来,声音震破了枝叶,
它的表皮裂开,就像
女诗人的那张
俏皮的嘴。

兔子

父亲——这里有一幅陈旧的
画面：几只彩色的兔子，
紫色、白色和黑色。

I

父亲怒吼起来，
两只彩色的兔子，被
一脚踹开，
简陋的木质笼具被拆毁。
那动感的金黄色稻草垛，
一阵风，空中落下细碎的花蕊，
我的镰刀被收藏起来。
母亲的温柔。

II

父亲掰下一根柳枝条，挥向
我的头顶（班主任拦不住），
而我只得一次又一次的，
迅速逃离那条绿色弧线——
他的势力范围。枯黄的
芦荻堆，充满诱惑的

杂乱无章。我每天逃学。
母亲的无奈。

Ⅲ

父亲飞快地扑向澄子河的
水中央,但没能阻止灾难——
一个小姐姐的淹没。
我无聊地抄着课本,在字行的
缝隙里,画下更多的圈圈——
难道,这是死亡的韵律?
那时候,水面正盛开着
一朵朵紫色的凤眼莲。
母亲的泪水。

Ⅳ

父亲脸上的胡子刮得干干净净,
但室内空无一物的地板上,
常常被他摔满瓷碗的碎片。
更多的兔子诞生出来,他
再也阻止不了这些——动态的
变迁,生老病死的笃定。

我在日记本里，潦草地记录下
这些痕迹，以及兔子的悲哀。
母亲的愤懑。

V

父亲越来越老，我想抱一抱他，
但是某种情愫突然干预，仿佛
有一场仇恨，在隔离我们之间的
默契。整袋的胡萝卜，也养不活
那些三瓣嘴的小动物——红红的
眼睛，鲜艳的毛皮，大耳朵，
以及它们踮起脚尖的模样，
搅乱了我整个童年的生存法则。
母亲的心酸。

父亲的柜子
——曾经那朱漆的鲜艳色彩

褪去的繁华,斑驳的
裂纹。连那封面上的灰尘,
都了无踪影——
一本黑白印刷的小册子,
关于生产关系的历史演变,
农业精细、集约和商品化的

过程?我
嘲笑着说明书页面里的
那半只西瓜——
刀痕清晰的切口,
似乎要揭开果实内部的
某种苍白暗示。

古老的印刷体,似乎还
残留着"种瓜得豆"的
某些字样——
一种教科书式的决绝。
而那残篇断句的
神圣年代,

脱落的结构,激发了
少年无穷的想象力。

一排锣鼓,在
打谷场的尽头
喧闹了起来,
秧苗初发,稀黄的水田。

屋子里阴暗的光影,
暗红的柜子藏满了秘密——
絮絮叨叨的肯定,
季节性的调整、
语录的启示,以及
水果与蔬菜的尊严。

第三辑

迷楼：

秩序井然中的姿态多维

晚风

晚风。红树林

啾啾,啾啾,那是

一个人内心深处的涟漪——

城堡上面安装着一座仙女的雕像

她曾扮作渔家女,用祖传的手镯

换来一份海鸥的爱情

她甚至尾随着一架嗡嗡下坠的直升飞机

晚风、晚风

巨大的石块瞬间倾倒、离散

人行道的栏杆断裂

一颗炮弹滞留在铁制加农炮筒的口部

——仿佛要轰炸它们自己亮晶晶的身体

她举着硕大的珍珠,眼神直视前方

她的衣袂被晚霞融化成白色岩浆

有人在头发刚被吹乱的瞬间拍照

晚风、晚风

开元寺

黑暗,像一片充满弹性的
甲壳,慢慢舒展
一个女人弯着身子,点燃了几支香
石籽、泥塑、木雕
诵经声——大雄宝殿里的庞大空壳
即将降临的夜几乎被堵住
那棵老树突然剖开了自己的胸膛
它的腰里藏着千军万马
无数根铁链从它的指尖冒出
蔓延到它的根部,几乎搅动起风云
叶片闪闪发光,灰色光泽的皮肤
被照亮,隐隐现出那肌肉深处
——一个人的兵慌马乱

关于上海的点滴记忆

I

祖母指着电视上的画面说
——这是黄浦江
我并不明白她在暗示着什么
戏剧里,一个女人跳进了波涛
像一缕晃动的灯光
此时,海鸥争宠,萨克斯风吹
心中有一万只危险的黄蜂在蛰动
一列长长的无轨火车缓缓驶入深渊
对面高楼,不安的喧嚣
空气里洒满了碎黄金
提篮桥的灯,由黄转紫,再转绿

II

双阳路,周家嘴路
月亮有一角被甩破,掉落在杨浦区的市中心
一个贩卖假酸浆籽的男人紧紧抓住散乱的票据
沿街,瓜果摊的人们陷入困境
唯一的入口被一辆蓝白色轿车堵住
先干完一瓶白酒、一瓶红酒

接着拿出了灶台边的一瓶"塔牌"料酒

最后只得争风吃醋

世界正在这里交叉,破碎的脸

一根又一根奔拉的尼龙弦

哦,大地,哦,城市

Ⅲ

嘤嗡嘤嗡

人类第一次听到电机的声音

水泵管高高挺直、峭拔

白色的头盔

人世间有一种偏执,类似一套

自动化纠错系统——蚊子的呻吟

嘤嗡嘤嗡

曹家渡的码头

沪太路的末端

藏匿在第三格抽屉里的一卷蜂蜜蛋糕

诠释了家族财富的积累与遣散

一间40平米的老屋就此分崩离析

中山桥附近,混淆在普陀与静安区的

某个中间位置

Ⅳ

海水从沙石的表面

逐层向城市的内部渗透

红色吊车、灰暗仓库、金属楼阁

栏杆一档一档,排成一片白漆世界

码头,2、3、4……其余的

均消失在露天阶梯的阴影里

人们纷纷涌向墙面

企图把自己融入工业化的风景里

一只海鸥啄破了海面

那些岛屿的大门洞开

敞露出零星的画廊、酒吧

芳茵地带,病态的树洞

充满黑暗的喁喁私密——

这里正好位于我的心脏部位

而你,还在不在

Ⅴ

那是一曲"口琴独奏"的版本
断了弦的旧吉他
灰色的笔记本——

他仍在写："远处的高楼"
姑娘们的照片被他弄砸了
一条破旧的弄堂，他们在
寻找那些失散的亲人
一桩土地纠纷案把他们推向仇恨的纵深处
他的人脉资源优势明显不足
他的脸涨得彤红
静安区的里弄正在拆迁，拆迁
他们已回不到原点
而他寻找的星辰还在
远处的高楼，灯火迷离

树叶

我打算将文本朝着香艳过渡
一瓣鸡蛋花从楼顶的植物丛中飘落下来
它的甜香控制了整座城市的绵绵细雨

像蛇一样的红色尾巴
没落在枯草中
我的轿车刚好碾过

我握了握那只类似篮子的器具
它的手柄呈现坚而韧的竹质
但恐惧并未消除

四周撒满了这些柔弱的叶子
逐渐消瘦,坚持不懈地
读一本粗糙的仿古之作:《素女经》

黑色的边缘,点缀着亮晶晶的
银丝,我用四根指头合奏的
分解和弦,啄开了它的枝叶

铁镬

像纸页里的某个汉字一样
突然变得陌生
似乎是你的发型乱了
一根线条弯曲倒伏,不再平稳
难道是腰部生了锈
你是炊具、刑具,还是镇水神器
老皇帝在奢华的台城宫殿里饿死
而皇帝假装被封赏,但
此时,你被倒扣着
深深植入泥沙的深处
你庞大的身躯
在缓慢游走,似乎有
纤长的地下根
身上滑落的铁锈,繁衍更多的子嗣
整个城市的江岸布满了你的阴影
——这褐色的铁器
我们无法查询你的底细
寿命太长,像永不终止的
鼓声——连绵不断的绝望
你的对手只是一些弱女子
她们透明的身子在你的
静止状态下——纷纷破碎
你的冷漠,加强了她们的损毁力

你像一个男人，但你
圆润饱满，像一只
肉感十足的乳房
——这只是萧梁时代的一个
离奇故事，我丝毫不信

梅花
——致扬州史可法纪念馆

此时有风。电话里传来

神神叨叨的语音

绿色的铭文,高悬的牌匾

楹联里隐着"半亭风"的字样

老政治家的笔迹已模糊

池塘隔壁,秀才娘子们在嬉笑

旧陶瓷上的泥泞,呈现一种

古董贩卖者的智慧

我企图将手中的皮球向前方掷去

那摇摆不定的力,朝着反方向拍打

砚墨在桐木板上断裂

竹子缠结,整个花园在不同的

方格里转换

巴客的阴谋

他派人盯梢，那一条
充满诡辩色彩的汗巾
——巴客的阴谋

他穿着睡衣，手中握住一把蒲扇
这个年代，因为手头紧，必须
处处打赏，也处处算计
一件绣着金丝的晚礼服被遗忘
骨架里藏掖着一整套的机关
他身边的亲人假装沉睡
——巴客的阴谋

桌面上摊开的宣纸，字迹
工整而怯弱，完整的记录里
有"布兰臣林小飞"等字样
叙述无条理，印刷体纷乱
唇吻里掉落了许多碎花瓣
似乎与黑白石版面产生冲突
——巴客的阴谋

每天，都有一座新型的桥梁
在岸边诞生，并感染着河水
因为流动，花园陷入了恐慌

几乎是昏天黑地,琴键绷直
碎果仁撒满了贵宾室的地板
飞机再一次延误,已是深夜两点
——巴客的阴谋
时间分分秒秒在消逝

小鸟

滴水,鹅卵石滚烫
树叶的掩隐中有尖细的鸣叫声
它昂着头

小嘴撅起,短发上扬
一派 DJ 小哥式的骄傲姿态
它蜕尽繁华

浅蓝色长尾翅、红色羽冠
一群竭尽奢华的时尚人士
它眼神鄙夷

整株花树像一只摊开的手掌
那清晰的纹路,设计完美的搭配
它恰巧撞入凡尘

关于月光

I

似乎一切都已经回来了
你的嘴唇、手、头发、黑眼睛
周身散发着那些芦苇、雪、黄昏的气味
关于村后那座小木桥的句子
校园歌曲的簧片在口琴的高音部震颤
充满毒素,需要借助另外一副身体来渲染
但是,你的舞步却没有跟上
那晚上,你让我付出了一个世纪的月光

II

我企图用单纯的想象力
去搜索月亮表层的细碎物质
它们噼噼叭叭地跳跃着
实质与空洞的组合物
黑色与红色
震颤的花朵
———缕飘忽不定的香气被点燃

芹菜琵琶——献给臧棣

太惨忍了
干瘦的芹菜茎,还算鲜活
它的味道仍属于温馨的田园
可以追溯到公元前世纪的传说
它的碧绿,令我想起了
死去的妃子,那女子的腿骨
成了琵琶的柱子
听不到声音,空洞的呼吸
一架充满悬疑的阶梯

黄与黑
——献给草间弥生的十四行诗

在那本田字格本上
我用一支铅笔涂抹
万花筒里只装着黑色铅墨

每幅画都有一个神经质的名字
当时间渐渐远离,足够遥远
事物呈现出的只是一个个圆点

黄与黑按次序排列
那些斑点明晰起来
溽热的水稻田
无数条水蛇在小田埂上交配

金黄色的盘旋,恐怖的画面
——这是一次令人欣喜的经历
而那只巨型的南瓜,是不是
正在构建另一桩潜伏着的事件

琵音——致自己的一首情诗

他俩在天涯明月的夜晚失踪

他俩彼此把对方遗忘得一干二净

他俩在海边互相扶持着痛哭

他俩在一起,河边的一个小茶馆

他俩的琵琶被包扎得严严实实

他俩的苏州评弹已唱到了最后一句

他俩是他们父母指腹为婚的一对

他俩一心想着——

如何用一个风雨如磐的夜晚

来洗刷自己的政治清白

他俩面对面坐着慢慢饮茶

他俩的杯子热气腾腾却空空如也

他俩的手指冰凉,眼神绝望

他俩的狞笑遮不住他们一脸的俊俏

他俩哽噎着互相凝视

他俩咬牙切齿地要杀死对方

他俩是瞻园里死里逃生的幸存者

他俩冷着眼——

那一对和颜悦色的政敌

如何在演绎一场温暖的亲情故事

樱花

樱花大道在下沉
岚山峡谷,简约的雕花庭院
火车驶过,一支筚篥掠过
古老岛民的旧病

在一棵刚刚死去的樱花树下
有人固执地索要一枝折断的枯树枝
而大队人马为之只得绕行
阴暗潮湿的缝隙,鲜卑族式的光脸

小辫、长衫、吊包、绣花牛仔裤
王公贵族们正从渡月桥的上游解缆
一位来自古代的诗人突然想从高处跳下

——奔流在石头上的水是粉色的
樱花飘落,一排排细碎的小獠牙
一件神赐之物,在某些看不见的地方继续
生长

流水

白色的阵痛
室内的地面砖块,晃动的八仙桌
他被一个长相酷似母亲的女人拦住

不安分的吧台前是一片芳草地
他的心里,层层摞起来有数十本诗集
一串陌生号码拨通了他的手机

整束的彩色塑胶线
一位盲僧旁若无人地编织着草鞋
手杖下面,蓬蒿草的种子泛滥成灾
他把紫色的四角钢琴推倒

虚拟货币里隐藏着一场巨大的阴谋
他被一栋阴暗的出租屋阻隔
视野一片模糊,再无出路
他用伪装的身体演绎那场潺潺的流水

迷楼轶事

——那天,我花重金从安居客中介那里
买了一座豪宅。

毫无疑问,客厅中心的
木质阶梯,吸引了我的关注
——无限的循环和叠加,并且
不断往里潜伏生长。
那装饰一新的墙纸上,布满了
密密麻麻的旋涡,如人的指纹,
闭环式、开放式。

老梗划着一条小船,从旋涡的
缝隙里漂了进来——
恍如一把老旧吉他的面板,
唯一剩下的那一根
尼龙弦:灰黄色带暗纹,
我的脑海里浮现出:
"三次落进三条不同的河流。"

它们波澜起伏与幻变的底色——
我们开始在交叉的路口寻找,
下一条巷子,
失踪,然后,又被那些

甩在身后的人
追上。

"有必要办一份行动指南！"
我们被自动分配了一拨又一拨的任务——
在村后河边宰杀两只公鸡，
陪老表们喝四杯不正宗的茅台，
编一曲古代中原奇葩皇帝的唱本，
或者出一本一百首以内的诗集。

一位穿蓝灰色格子外套的
女生笑了笑，
"郭老师"——
那位胖胖的皇叔亲切地叫着她，
他的声音绵柔滑润，稳若磐石。
我开始喜欢上像他一样的慢生活，
或者我只是喜欢一种假设——
那位皇叔的演技岂是我辈能模拟的。

这时，老梗的船已从楼梯的
旋涡里，驶进了一座小镇，
位置处在绿城的偏东北方。
它的汉河同样充满了无限的旋涡，

"这是确定无疑的,
不要企图打击我的决心!"

一切正如同这本漂泊不定的
诗稿,也许它
根本就不曾存在——
所有的语言材料都是一种虚妄。

——在我们的大脑褶皱里,
住满了不听使唤的外乡人,
文字只是"冰山一角",
我们不可能撂下
音符、色块以及
那些臭豆腐和烂尾楼。

妈祖

海边。
一个姓林的女孩,招安了
两只庞然巨怪。那天,
阳光普照,桃金娘的枝条上,
绽开了一万朵玫瑰,紫黑色的
果子,把弯曲的触角
伸展到各个领域——

这里的风景过于辽阔,
"红旗招展、锣鼓喧天。"
绝妙的屏障!
虎门的隔壁,是一家火力发电厂,
内港里泊着大大小小的船只。
煤烟升起,佛呗庄严,
吉他的破旧琴弦,正在测试
这个世界的沧凉如水。

平安灯座,
"一百元一个坑位。"
中了魔咒的舞者每天沉睡不醒。
榕树啊,我已老,
我的胡须寄生,白发苍苍,
身体与心灵正在进行最后的对话,

尽管我曾经可以呼风唤雨，但如今
已无法收服身边的那些人——
"我们的眼耳口鼻都需要供养！"

公鸡

闪着日月的精华,

他的羽毛发亮,嗓音充满着

阳光,有着一种

确定不移的方向。

我们必须毫无保留地接受他的指引。

他每天写一首诗,以延续

他的一贯的生活方式,他的

一群母性同类,

他的王国。

他迈着碎步,在砂粒里跳腾、牵扯,

他的弓弦怒张、绳索绷紧,

用尖利的喙,

在露水里为我们觅得知音。

自己

在词语里

在《尚书》里

在《山海经》里

在《聊斋》里

在大幅山水画里

在一支节奏行进到一半的

曲子里

在连绵起伏的山峦里

在香气与快感里

在冲激的水流里

在他们的狂喊里

在声音与色彩凌乱的花朵里

我突然醒来

梅花岭

梅花岭的梅花,取决于
北方森林里的某种动物——
这是一个串连,仿佛一种
单刀赴会的场景。
他们唇枪舌剑、觥筹交错,
花朵与野兽轮番登场,
人参与芍药的奇妙嫁接,
最终的色彩定格为"红与白"。

一个人为了逃避深夜,
把自己的皮毛染成七彩。
两岸一阵悸动,他行走的
时候,正雾气沉沉,
毫无方向感,只能
从<u>丝丝</u>竹叶里辨出真伪,
光滑的枝杆,红缨飘飘。

他猛然一出手:截取那些
涌动的暗流。一层冷霜
悄悄冻结在小木桥的栅栏上,
"断肠人在这里走过……"
他忍不住吟诵,就在此刻
手机跳腾起来,叮咚作响,

然而,
并无下文——
水,貌似在这一刻静止了。

蜀冈

这是什么地方
一开始就遭遇诸多不确定因素
是我的亲身经历？还是
我的祖先遗落给我的旧梦
城市西郊的某个景点
我租了一间度假小屋
为了躲避战乱
我想每天安静地读书

一条湍急的河流
高高的岸滩
我踩着松软的悬崖
滑下了河滩
仓皇爬到一间木屋前

"后宫重地，怎么可以擅自闯入？"
售票员严厉地盘问我
她刁蛮地倚在木板门框上
让我掏出所有证件
我只掏出了身体里的一些诗句

暮色降临
渴望得到一些爱情

那座小木屋凌乱不堪

简陋的木板床几乎坍塌

室内泥土的地面有许多裂纹

而诗友们一个个离开了我的酒席

泥泞的坡地长满了卷柏草

我，何时才能抒发完

心中的暧昧

天宁寺

你不可对身边那些事物
视而不见,它们只是一些淡淡的
形体、泡沫、摇曳的光影
许多秘密,藏在千百个黄昏里
当我路过天宁寺
你像一条栽满女贞树的
隧道,直通我童年的蒙蒙细雨
我们的距离很近吗
"隔着一颗星星"
你,渐渐模糊
我的记忆却清晰起来
黄色的屋顶
红色的柱子
一个满脸沧桑的老者
在银杏树下铺开一张
宣纸,挥毫泼墨
他企图涂抹掉他脸上的皱纹
河水里泊着的灯笼,向我的眼里
吹着"噗噗噗"的睡意
这个地段,必须接受你的安排
让我度过一些奢侈的光阴

唐槐

在弥陀岭,那棵古老的
唐槐,一年一度散发一次
幼芽的清香,碑石上的诗文
已经记不清,谁,第一次
在它的身体上,割下
一个口子。而我的屋子里
那堆碎瓷片,拼凑成了一枝硕大的花朵
它们,在自己破碎前的记忆里
重逢。仿佛那格子房里的
跃动,脚尖下弯曲的线条
短暂开放,割断了大地的脉络
娇羞而刁蛮。沉默。对抗
用身躯搭建的一场飞翔
膨化的世界,槐花叶子的
飘舞,一、三、五、七……
凹凸不平的路面上,铺满了
歌声,还记得你的头
被谁轻抚了一下

栖凤居

那张脸，或者那场

非自由的暴力，梧桐树下的

落叶与流连

似曾相识的发型、肤色，纠结于

这一片废墟

迷离惝怳的庙宇

阴暗潮湿的伊甸园

迅速崛起菖蒲、水仙

一棵不知名的小草，用一种

不可逆转的力量，领先了

琼花枝的曼妙

叶子缝隙里，充塞着电视台记者们的

短暂激情和冬日温暖

"醒了吗？醒了吗？"

书法家，空白宣纸上的一场

刀光剑影

一棵百年蜡梅，默默折断了

自己的根蘖

仁丰里

那条巷子不深,
仁丰里列列可测,
古屋变形,一朵莲花演绎,
文选楼、仙鹤寺、银杏树,
岳将军的血涂上了墙壁。

儒家大师已老去,
少女尼姑也不见踪影,
而太子正在划船,那条河
辨认不出方位,仿佛
荷叶上一串滴溜溜的珠子——
暗藏杀机的天台宗妙义。

"青蛙青蛙,我要回家。"
女诗人放弃了书本,
"爱情"里,有几段忧伤的
句子,尚未有石匠刻写,
作协主席也没有来参加会议。
唉,等我们蹚过了十六的圆月,
语晕和词晕,将一同散去。

江南的秧歌,杂家的祝酒辞,
小说家那滔滔不绝的情事,

收藏馆的屋顶已褪了颜色。
芭蕉树没成活,老评论家的
脸红了,诗歌的家谱被拆除。
东门桥、北柳巷,大王庙的
地段,被封禁在城外。

采呀采,我们的招隐寺,
采呀采,我们一起摘芙蓉,
采呀采,我的慧如姐姐啊——
那条巷子深深,仁丰里是
雨的仙境,
昭明太子呀,一片空空寂照。

西峰小道

I

夜,湿漉漉的蔷薇叶子,
仿佛在一张陈旧的油画里,
少女的额头,正在被揉捏,
一滴滴纯露、花水,
嘀嗒嘀嗒——
迷离、失散和疼痛。

II

啊,不要远处的鸡打鸣,
雨,是月光敲打亭子的声音。
一些艳丽的女鬼坐在竹林边,
她们像一群夜游的鹭鸶,
咕嘟咕嘟——
散落在这片荒野。

III

东门,一夜无雨。
亭台、水道、青色路砖,它们
分别按照自己的音节开始律动。

脚底的失眠点,

树木那庞大的内部组织,

西峰小道上,少女的环佩,

叮当叮当——

她的羽毛里滚出来一枚绿叶。

声音中感受你的爱

震撼着眼睛的,歇斯底里的
我听见了,你的声音
超低温的,置人于死地的
声音,我爱那声音
我爱你:而你是谁

从世界的深渊跳出来
我的灵魂,有着
深黑色的凝重
那些血,你看见了吗
你看见了吗
你会对我说些什么
你会对我说吗
说吧,我在听

我已走的很远
滑入一片非光谱里的色块
灵魂,自己的颜色
我无法描绘那色彩
我只能听

你说什么
我知道你会说什么

不是沉默

雪一般的沉默

它们在聒噪不已

你快说吧

快说吧

说你爱我

说你爱我

我知道了

我的灵魂，像钢弦

一样叮叮咚咚

尽管世界让它一直沉睡

它却兴奋起来

因为你的声音，让我着迷

仿佛雪花飘然落地

火焰的声音，水流的声音

双鱼座里的回音，最终

归于那

哭泣的声音

巢里的小儿语

一颗青涩的无花的果

摇摇欲坠,挂在风的梢头

触手可及,那香气在

时空里挣扎着

恰似秋虫的呢喃

燕子黑色的羽,巢里的

小儿语

行驶的马车,首尾相连

生涩的青色,微红,微鲜

却遥不可及

一团潮湿的雾气

在棚顶上,仿如
一个女人的灵魂
她不断吸纳
闪闪发亮,并
附丽于每一件
熟悉的物件
结成冰块
似乎不忍离去

昏暗的音乐光线

情欲的艳肌

昏暗的音乐光线

空虚的原始梦幻

无穷尽的欢愉

它唤醒肌体里的粼粼微波

这久违的烟雾,行将枯灭

呵,你能给我真实的抚摸吗

那楚楚动人的游戏

狐魅——灯火已燃

疼痛正蔓延

来畅饮吧,这

不可变更的程序

这咄咄逼人的肉体

此起彼伏的花朵

摇曳、枯萎、冷笑

你是谁的使者?

喃喃私语的红色酒液

猩色的唇,迷离的泪

像种子发芽,气泡迸裂

水在沙地里湮灭的必然性

一尊塑石端坐的收获季节

秋——这是心理阴暗的时刻

在想象的风雨中,在

一切的虚构中

我不能自已

故乡

故乡在哪

他们不停地问

会有来生吗

而我只知道

一切失去的美好的东西

都可以称之为故乡

故乡是一种心情

一种安详的表现

是一种折磨

肉体的另一部分

一种原始欲望

未来充满了未知

那令人揪心的故乡

开心的时候，随处可见

忧伤的时候，离得很远

女人的故乡是男人

男人的故乡是女人

一间很狭的屋子

一桌普通的晚餐

一棵树，一条河

空中的一片云

一首童稚的打油诗

猫,狗,一个微笑
一缕飘在空中的忧伤旋律
童年,奶奶的故事
这一切都是故乡
而我们都是游子

一只诗歌的琵琶

悲剧中,诞生了
我们的需求
牛顿叔叔的苹果
光线的企图
悲剧,成就了我们的需求
——一只诗歌的琵琶

诡谲的文字
灵魂的每一次心跳
处在感官的云端之外
像身体一样虚无,而澄明
你———个可想可见的影子
如一场厮杀
那种寂寞,刻骨冰凉

谁在碰我的晚饭花

I

姐,今晚我坐在小屋里
有些风声是不能听的
旷野的草木仰望着星空
你走过的小河边寂静无声
飘散着我莫名的叹息

姐,今晚我在听禅乐
有些乐器是不能碰的
埙和箫交织递进的时候
便是你探门寻家的夜游
为何恩怨那般撕心裂肺

姐,今晚我在听茉莉
有些花儿是不能碰的
为了采摘,你化作水中的倒影
书本里记载的水仙传说
为何痛苦植入骨骼深处

II

一只古老的火盆

暮色是它们存在的可能
"谁在碰我的晚饭花?"
天黑了,晚饭上桌了
香味与呼唤,照亮了
阴暗的花景

"谁的玻璃珠子落在地板上?"
灯盏黑黑,那些骄傲的
虫子,振动着翅膀
一只潜意识的紫茶壶正在碎裂
布娃娃吹着的笛

"谁在碰我的晚饭花?"
怎么又听到那声音
花丛里的古老爱情
那些花朵,冬天的一只火盆
暮色,是它们存在的可能

马　　墙壁是红色的

拔吧、拔吧

拔那角落里的青草

饲喂它,那儿

一匹忧郁的马

灰色的流浪的歌者

马戏团的院子

我,一个从不出远门的

少年,弹奏一把吉他

日子,像天空一样的蓝

拔吧、拔吧

童年

那时候

地面纹裂

河滩的草和芦苇不见了

世界呈干白色

你们躲,唯独躲不了:

——那种饥渴

我翻开自己的宝库

许多词语,如黄金

铺满我的地面

如甘霖,却无法解救

坐在荒岛的黄昏

面对河水,一种

抛弃了竹竿的绝望

昨天

回忆,一个又一个
无数的昨天
只是一个个的黄昏
恍如隔世
它们相互重叠与交错
仿佛对岸的高楼耸入西天
云彩如锦
月如钩
黄昏的微风使炎夏变得清凉
游艇会的灯光在河水中荧荧闪耀
我想起了更多更远的往昔
一个连着一个
无数个黄昏
在河岸边相互重叠

九妹

我俩双双变成蝴蝶
这是一种宗教的隐喻
我们还可以选择
变成一种植物、鱼类
甚或一对野兽

身体得到一对飞翔的翅膀
如壁虎的尾巴
来去自如,可以分裂成
两瓣自己
在草桥,我俩结拜为
合二为一的兄弟

红罗书院后的草丛
一条背道而驰的小路
像一条褐色的蛇
铺设了一生的恐惧
黑暗中,母亲的
乳头,让我们时刻设防这
——来自童年的内部的死神

那棵弯曲变异的柳树在哪里
"他突然称我为一只鹅。"

她的爱情约等于一句俏皮的谎言

丈夫与妻子、金童与玉女

如此多的暗示始终没有唤醒我

野马也、尘埃也、清风也

而我一头雾水

我"哦哦哦"地叫

与她怅然道别

九妹的影子令我幡然心动

可是,我的英台弟弟

却不见踪影

桥

匆匆
汽车，掀起灰尘
噪音。动荡不安的光
河面，摇摆的光柱
——亘古不变的独轮马车
几朵红色条形的花瓣裂开
柳丝摆动。
重叠的光，在叶子的
腰肢间泛着白，如
破碎的浪花
一条小路深不见底
你，清澈如水
——款款移动的影子
晃动在桥面，那儿
曾以冰霜铺面
它们彼此潜伏、相逢
沿着台阶而下
再无回音
那儿，刻录着几句
断肠的词
我们曾并肩
浮云飘过
我独自站立

已把盔甲丢尽

高速公路在呼啸

一束动荡不安的光

梦 是一些思想在抢滩
在错乱中抵达冥冥中的尘土

翅膀扇扑
落下一行行迷醉的词语

木刻的页面变得苍白
舞蹈的人点燃篝火

在石头上
凿啊凿，凿啊凿
一群人，背对着星星

蓝

天空，绵延的

蓝、蓝、蓝

它的全部历史

它的远古、深邃、空灵

它身体里的暗记

它的漫长的沙滩、森林

它地质时代的滚滚烟尘

它的那些纷乱的野兽足迹

它所有的帝王将相

它洞穴里的枯藤老枝

它的焦灼不安的土地、矿产

它的搅动时间的风车

它的两片羽翼合拢的屋子

它的飞蛾

它那拂动岩石的长长婚纱

它那沿着枝干攀缘的叶片

它的那些闪亮的草坡

它那在石崖里蓬勃流动的爱

它的那些像海浪一样

跳过往昔的轰鸣

——此刻，它正

吞食那些

白云、溪流、花朵

吞食那些

无边的恐惧

吞食那些——

蓝、蓝、蓝

存在

风,在阳光之前飞进来
——黑暗中的一句回音
他的心灵被一群夜行者照亮
惊起一只白鹤,那
沾满水的身影

向天空靠过来
仰望,飞翔,一支箫管
掠过他的身体

黎明,像一阵风穿过——
海,长长的门槛
耳朵里有数万年的风雨
一代一代,蝴蝶的子孙
像水流一样亘古

越来越近
云与树的缝隙里有一片光
在云的最低处,到达
芦苇的舞台,那群
精卫鸟尖叫

海水滚动,每天都有新的土地

诞生,而他的小木船依在岸边
一个孤独的垂钓者的故乡

无

用汉字的身体
体验一棵树的成长
方块、方块
我已背离世界的原形

不断排列、组合
从一个万花筒里走出
像山涧上空飘着的歌谣

一株孤独的丝棉木的影子
跌落在我的打谷场
红红白白的,一闪一闪
如一颗颗宝石般的花果

那涓涓流逝的星星
在麦苗丛的小弯道里
我,找不到
记忆稀薄,那窗户里
飞出一只燃烧的鸟——
是你的歌

公交站台

飘飘然,白色的衣裙,
带着细碎的棕色斑点花纹。
人海碌碌的公交站台,
她失去了不止是九月的风。
纷乱的电动车辆,一把伞
正记录着她整个的行走过程。
她敲了敲那把蓝色的
吉他面板,指责那些
走卒贩夫们的骗子行径。
"中止这份合同!"
中止这场模拟训练的婚姻,
中止这些生活方式中的意外。
她拿过钥匙,捅破那层窗户纸,
那门扉洞开的绝望、冷漠与
深度融合。

山顶

从此处的藤篱往外延伸,
隔着一层厚厚的阳光。
轻微地抖动,
那下面,是一座
毫无遮掩的土坑,
掩体,有残缺的弹痕。
笛、琵琶,飞奔的旅行大巴。
大石块从顶上坠下来。
火锅店门口的长长队伍。
齐刷刷的茅草,
掀起下摆,露出
羊群——那尖利的小牙齿。
悠闲的午后,
漠漠孤烟,一望无际的
空白纸张。头狼失踪了,
咩咩哀叫着它们自己的
棕黑色的皮毛。被
烧毁的残酷肉身,在
山顶古岩画的深处。

青蛇

——当我提笔的时候,周围的一切似乎都是不确定的。

外面好像有细雨。
屋檐木板咔啦响,她是
一条绿色的蛇,盘旋、婆娑
滑入,再跃出水面。
闪烁着小眼睛,吐着芯子,
她说:"我愿意委身于你。"
而此时,另一个我
(像个第三者)
突然贪婪地伸过手来。
法海说:"但是,战争。"

"我需要一座温泉池!"
可是?鄙夷而斜视的眼神。
刚才在门后,她挑唆了我的爱人。
而我是个浪荡子,
手无寸铁,病入膏肓。
难道你已经嫌弃,这副
彩色的皮囊?虚荣的依托。
法海说:"但是,我们只能依靠战争。"

"好吧,我为你重建一座奢华的温泉!"
院子里鸡鸭成群,几只小花猪
在吃草。我们又建了几座池子,
放置了红酒、柠檬与毒药。
她说:"我愿意委身于你。"
是虚拟的肉体还是共振位移下的
不可知论?"我都愿意!"
好吧,旧灯换新灯。
法海说:"但是,我们
只能依靠战争消灭战争。"

秦淮河边

这里正在拆迁。
秦淮河南岸的工地。我
刚在地摊边吃了一碗面条,
肉粒、猪油与鸡毛菜的
杂碎。黄昏的时候,
辞别李香君,从那后门的
码头开始,丈量了桃花与
血之间的荒芜流变——这
茶壶与古琴的细微之处。

清晰的牡丹图,犹豫不定的
风雨。茴香豆的呛辣味。我
不知道这里正是乌衣巷,这
身边的异乡风景:数百棵
参天大树的遥远距离,
三万黑衣甲士的梦魇。
晚风。秦淮河水的浑浊度。
沙石漫天的混乱场面。

我点了一杯"白兰地",
戴着耳机,一首吉他演奏的
佛教音乐。我尝试着把
多种场景混搭在一起,仿佛

是一座城市建筑的拼贴
模板：南京——那不断延续
又不断中止的固态岁月。
墨汁的香味，桃叶渡的流水。
我从邮筒里收回了那一封
投寄给李香君的绝交信。

穿着蓝旗袍的小女生问我，
要不要续一杯"龙井"，而她
已经忘记，长干里，童年的
那些山盟海誓。拆迁屋的人们
被安置到郊外，而王导谢安的
燕子，不知飞往何地——从
枝叶间落下来，并快速移动的
影子，翅膀拉动的地平线，那
明媚的目光所能触达的亮丽
境界，正如某些诗句里的抒情
文字——那深渊，无边无际。

高旻寺

这,某种程度的荒野,
簧片的金属质地,这,
一秒钟的号令,
千军万马的使命。

他们抓住了一个"写诗的女人",
她的名字被遗忘——
这,琵琶的节奏,左贤王与
右贤王的角力,
兵荒马乱的苍茫节奏。这,

实际上只是一条湖,
驻足桃花的艳丽,
坐着小船的人获得最大的
收成——
箭镞,那数千数万的金属尖头。

历史学家嘲笑着写下了轻飘的
时代记忆:
"他姓释,
嗓音洪亮粗壮,精于
虚无的表述,但
不通音律。"

这，一个机械操作手的儿子。
酒精即是琼浆，即是毒药——
没有人不明白，这
最简单的道理，色、空。

乐器演奏的技巧属于底层的
逻辑，那时候，他尚未成年，
他要保护的女人已经有了归宿，
他的怜悯之心与生俱来。

只剩三根古弦的琴身。
他的手指跃过空白的
琴柱，直达
柏拉图的想象——那是
苏格拉底穷尽一生的探求：

他其实是一只
狐狸的化身，养在一架
笼子里，桃花的
芬芳，粪堆里的幸福。

整个元老会都拿不出一条
法律依据，人们正在审判——

他躬耕于井田之间，向
所有的行政长官呈递

他的奏折，一半的荒唐，
一半的机巧，均
出自他的理论肤浅，
为此，他终止了他的个人修行——
那十三层台阶，那些用

绳索捆绑的树木，那些
古老的楼梯，弯曲的河流，
在高桥的隐约之间，在喘息的

蝉咏之后，在蔬菜地的某个
傍晚，在淡淡的月光
升起的地方。

南京东路

1. 哆

"共大花开分外红"——
脑洞里的一副金嗓子。
那些灰尘,白色墙面,
红色的粗体字。

2. 来

五角星,一角一角,
交错的经纬,阴暗中,
一株小草的所在——
绳索编扎的风景。

3. 咪

阳光,正午,
车子无法停靠的
逼仄地段,那
繁华的大都市。

4. 发

狭小的移动亭,卖雪花膏的
小女孩,拼命鼓着掌。
南京东路299号,
亨得利钟表店正在开张。

5. 唆

有人从盒子里抓起一块
"劳力士"手表——手腕
无法承受的那种"虚空",
身体轻得似乎喘不过气来。

6. 拉

波司登广场,畅销国际的羽绒,
扬州的老鹅卤,渗透着
阿芙蓉果子的特殊香味,
羽毛,羽毛。

7. 西

永安百货、儿童杂货店，
惊魂神秘的上海密境。余音，
最后一抹暖色突然升了个"八度"——
"为社会主义祖国贡献青春。"

万圣节

I

一群化妆的孩子迎面走来
轿车箭一般飞驰,一瞬间
我们穿过了白山的心脏
"一轮金色的月亮升起……"
那位美国老人写道
他捋了捋满脸的白胡须
他身边的娇妻正在朗诵

II

"这是南瓜的意象"
不不
外面的雨堵住了我们的空间和时间
OK!他的联系方式写在了那张诗笺的
左下方
接着,我们以男女对话的方式进行朗诵
"我们的语言是不是被机器污染了?"

III

但是……

"这也是一种生活！"——这句话与我无关
这是我抄写的一本三流小说里的句子
"请不要对小说里的人物指手画脚，先生！"
但是……
冬天，所有的子蜂都簇拥着母后
因为，在夏天，它们都扇动着翅膀

Ⅳ

红叶纷纷飘落
一片原始森林，马丁正在
搭建他的一座小桥
四块方形实木互相交构
这是小鹿王子必经之地

Ⅴ

波士顿大街上的咖啡馆
一只矮小的狗坐在门口
它的女主人正在拨弄刚买的 apple 手机
"她正在买苹果"
"哦，这是要送给小鹿的礼物吗？"

VI

一只老麻雀在落叶丛中寻找
它的孩子们昨晚丢失了一册冬天的画卷
"我们来自新英格兰"
马丁在沉思,他换了一杯白葡萄酒
一耸肩,他哈哈大笑
他回忆起了那些麻雀的对话

VII

在他的南窗口
背对着他的书桌
咖啡已经凉了
那女人牵着小狗走到对面的巷子里
她的手机程序出了故障
"一定是那只小麻雀惊吓了他们!"

VIII

那位来自波士顿哈佛大街的姑娘
在丹尼斯弗尔德小镇上有了一个家?不
——那是一桩尚无定论的公案

她遭到一幅画的绑架
她笑容灿烂的背后有辛酸
马丁一把拉开那位翻译官——
我们的对话中止

IX

终于
小鹿王子来喝水了
它在小溪里的倒影金光闪闪
它个子特别高
万圣节的气氛笼罩着它的脸
"这是我的姐妹们"
马丁兴奋地大叫
"嗯,非常感谢大家的光临
今晚的朗诵会到此结束了!"

凤求凰——在缅因州芒福德画廊听乐琦的古琴

一只黑色的公蚁
扇动着蓝色的翅膀
它的刺扎向一片阔大的桐木叶
——这是两千多年前的一个夜晚
浅钩似的月亮,星星们纷纷挤过头来

寒风刺骨
桐木树干嘎巴嘎吧响
木屋子的前面落满了星星的碎片
一串绵柔的丝弦乐滑过

"笃笃笃"
厚实的木质
有一根弦柱走了神
一位大胡子的画家坐下来
他的食指伸向第五与第六根弦之间
他情人的目光正紧紧盯着那个位置

"这是一个走偏了的音,
可以用泛音的方式纠正它。"
那情人手中的红酒早已空了
曾经被城市抛弃的经历刺伤她的胃

桐木琴身被油漆染成了鲜艳的棕色
再一次调换了所有的弦
那声音嘶哑的部分,正对应着
那难以愈合的伤口

小心火烛

阁楼里的书桌,某一本
杂志,记录了一场
秘密的枪战:
"我的影子突然一把抓住了我。
一刹那,闪过
对方满脸的白色胡须,
粗壮的手掌。"
我的臂膀动弹不得。

仿佛飘过一缕有毒的气体——
这空中滚动的弹珠,
沙坑里无处安放的小动物,
突突突,
有人走来——
"小心火烛!"

刺槐树下杂草丛生,
深渊般的小溪流水。
谁?在无意中出卖了
我们的行动计划。
谁?递给我,
三只尚未开翅的小鸟、
一颗石子。

黄月亮

也许是一驾彩色的
马车,正腾跃而起,
吧唧吧唧——
记忆出错了,
红色砖墙的醒目标志?

温暖而幸福,那一只
鸭蛋的启示录:当
大人们在肩挑背扛的时候,
我正解读着第一批
食品的制作工艺。

商业公司的重要目标,
我发现了松花蛋的隐秘配方。
哦,黄月亮,
叩开你沉默之门的
密码是多少?

油菜花的叶瓣,
阳光明媚的哭泣场景。
有一轮光环,
绿皮本里的模糊字幕,
钢笔漏气导致墨水溢出来。

但那零碎的花朵，
如何组建一个浑圆的整体？
月亮的斑点，不——
那线条强烈的裂纹！一只
乒乓球，从空中滚落下来。

雪莱的花朵之三：戾

当雪莱（一条博美犬）开始低吼，
即将咆哮，
"那小女孩冷笑了起来。"
她说，它要对你发起攻击！
此刻，我的头正慢慢
贴近它的肚腹，
"突然露出狰狞的牙齿！"
其实，它腹部隐隐的伤口，
早已愈合，肋骨断裂的
部位没有丝毫瑕疵。
恍惚中，那条巨型德牧犬，
似乎又一次闯进了它的领地，
微小的宫殿受到侵犯。
它的目光受着本能的牵引，
下意识地喘息，呻吟，
瞬间拉回的记忆，在
身体内泛起涟漪。
"小女孩满意地大笑起来。"
一个坚硬的联盟被瓦解，
雪莱，雪莱！
盆里堆满的鸡骨头，成了
严重的心理阴影，
草丛和沙发下的秘密。

"呜呜呜呜——"
人们小心翼翼地
避开它的势力范围,
一颗屋子里的定时炸弹。
它的宫殿远在城市的另一端,
"但是,"那小女孩说,
"但是我不想把它送回去。"

口琴与吉他

——恰巧这个时候,口琴与
吉他,成了一对落难的情侣。

口琴的轻盈质地,
某处秘密花园的绿色通道,它
前面的路已经被雨声堵住。

一把黄金匕首向她的
左眼皮滑去,另一只手
托着她的下巴——从
海边一座城堡的窗户里
伸过来,那些
柔软细腻的指头,隐约
发出一串沉重的呼吸。
她的辫子散落在肩膀与
胸部,一根黄色的扎头绳,
越过一艘邮轮的外侧,
垂了下来——她娇小
身体里的一座池塘,正弯曲
向上,仿佛塔楼里的
大吊钟。生活的意义。

吉他苍老的淙淙声,难以捕捉的
节奏,时而紧凑、时而散漫。它
隐秘的喜悦已经被雨声堵住。

他爬上钟楼的右侧,
紧紧抓住刺刀前端的
尖三棱部位——从
他的腰部滑过一缕
大吊钟的绳索,
一辆灰色的小马车停在地面。
他的手毫无目标地往下探,
突然握住了灯杆的顶部,那
金黄色的灯光颤抖了一下,
像一片云炸开,四处迸射着碎片,
狗吠叫了一声。于是,
他从暗处跳出来,凌空破门,
身体的棉絮迅速散落成
一地蝼蚁。生活的意义。

红酒

中年男画家（大胡子）的双手使劲地擂着琴键。阴暗的一面。钢琴拼命地叫唤，节奏乱了。红酒抖动着，她又点了一杯。"请记在他的账上。"低落的情绪波动。

马丁仍在主持一场朗诵会。印第安人的木雕祖先已经塌陷。光线继续暗下去，偏移主席台。门扑通一声。我们还留在屋子里。中国女诗人开始构思一首关于古琴和纸扇子的诗。缅因州天空中的星星，冰冷刺骨的夜晚，迷路的小木屋。红色土地、红色石粒、红色草丛。陌生人挥了挥手。

"这是我的小鹿王子！"马丁肯定地说，他指着小溪流上的木板桥。几株倒挂的枫香树，野熊出没。他已经第三个晚上不回家了。

钢琴拼命地叫唤，那位神经质的中年画家，哎呀！他身边的女人眼神越来越迷离，红色的连衣裙，她仿佛仍沉浸在一张肖像画里。她在叹息。缅因州的一个小镇。画室里一大群人，全镇的文化名流。现在轮到一位中国男诗人了，他朗诵的中文字幕里充满了陌生的青铜气息。艺术的衍化和拓落，感官体验的结果。肖像画的背后是一片远方,来自另一个城市,另一杯红酒的故事。悲情的乡村画廊,卖不出去的艺术家,男人的危机累及到爱情。她痛苦地伏在墙角的小吧台上,手上紧握的酒杯死死不放。她苦笑着看了看迎面而来的陌生中国男人:"你不打算请我喝一杯吗?"那男人讪讪地掉过头去。钢琴突然巨吼起来,像一阵暴风雨。星星几乎被驱散,美国北方的寒夜。打台球的男人们放下了杯子。粗犷的实木雕刻工艺,印第安部落酋长的脸,未经点燃的壁炉。

　　马丁举着杯子大声叫喊起来,酒吧里的女人们踮起脚尖。"这就是我要的效果!""小木屋、小溪流、林中小路、小木桥,这些……这些我经过多年精心打磨的作品……"但小鹿王子从没有出现过。画家身边的女人从没有等到爱情。那位画家自己也从没有画完一幅肖像画。

威士忌

蓝色的威士忌。草莓的叶子,散落成星星的形状。海拔460米左右,青砖垒起的峭壁。不是红茶。她戴着耳机迎面而过,那时痴迷的是《桃花扇》的插曲,还有一些梵音。节奏凝滞沉闷。那山道有时也出现一阵坦途。往下凹。类似洼地。星星点点的蓝色威士忌酒吧。樱花、空气。湖岸边,一座座危险的楼宇。小伙伴们在玩"剧本杀"的游戏。有个女孩将要在稍晚的时候唱一首"未曾留下地址"。嫁不出去的原因是受了"先入为主"的干扰。一位新来的同事被领导重用,然后挨骂,踢出院门。这是新街口的往事。旋转餐厅,绿色的山峦,连绵起伏的白色酒花。有些词语开始颠倒。语言的背后是什么壳?"你怎么想到如此的怪论!"神经元的扭曲方式。她的背影已经远去。一生气的时候就吃药。有向上探多高的叶子,就有向下探多深的根。你不信?思想被一股邪恶所取代。那语言的重力。你望着对面,却不敢开口。那苍老的樱花树下,你错过了一年一度的花朵。石兽,块头有点偏大,有神论者的偏心眼。道路两旁的幽灵、小机灵鬼、竹子、凋谢的野蔷薇、二月兰、石蒜的尖刺。这些都是联想，不是真实的场景，因为笔端似乎流淌着润滑油。木房子需要刷漆了。故事的背景音乐。钢琴的碎片、时间、红色的液体，但是对面有人吼叫。这是横跨在你们之间的一条无法沟通的桥梁，歧路。木质开关，白色的铝线，闪电。厚重的鹊窝，空空如也的餐厅。河面成片连结的浮萍。时光似乎在倒流。语词的重置结构、画面感、老街的气味。你将要重新遇见她。换了一个角色、更新、迭代、输入错误密码。山峡里的鸢尾草，泥石流刚刚停止的地方。再喝一口。这瓶酒被称为"作家的眼泪"，古典诗人的忧郁抒情。几十年的陈酿。星星的密室。小木屋的侧墙，寒冷的空间，十八世纪的最后一天。小溪流，倒卧的枫香树，一只塑料兔子，一只空杯，威士忌的泡沫如此的细腻而柔软，此刻我将要喝醉。